奥の細道を歩く

目次

奥の細道行程図

※行程に関しては、『おくのほそ道』原典および『曾良旅日記』より作成しましたが、一部推定の区間があります。
参考資料●『今昔三道中独案内』（今井金吾著／日本交通公社）、『（財）日本交通公社調査部資料』、『おくのほそ道をたずねて』（宮崎県民生活局編）、『山形県歴史の道調査報告書』（山形県教育委員会）、『越後路の芭蕉』（大星哲夫著／富山房）、『江戸時代図誌』（北陸道一　赤井達郎編・北陸道二　吉田光邦編／筑摩書房）、ふくしま文庫『奥の細道』（横井博著／福島中央テレビ）。

はじめに

人生五十年といわれた時代、芭蕉が『奥の細道』の旅へ赴いたのは四十六歳のとき。行脚の僧形は、漂泊への決意の程がひしひしと伝わってくる。人生も残りわずかというとき、人はどこへ旅発ちたいと思うか。芭蕉はみちのくを選んだ。ただし芭蕉はかの地の名所を訪ねてみたいと出発したのではなく、敬慕する西行や能因、義経の足跡を巡り、古人と心を通わせたいと思ったのだ。

青々と揺れる遊行柳を前に「田一枚植て立去る柳かな」を口にするとき、私たちは芭蕉のフィルターを通して西行を感じているのかもしれない。平泉の廃墟を前に「夏草や兵どもが夢の跡」を口にするとき、私たちは義経の無念の涙を芭蕉の絶唱として感じることができるかもしれない。

古人の想いを自身の俳句の中で再昇華させる。芭蕉だからこそ成しえる名句の数々。私たちはその俳句に魅かれ、俳句の作られた舞台に憧れ、芭蕉の辿った道を歩いてみたくなるのだろう。『奥の細道』を踏破するのなら、芭蕉が旅した初夏から初秋がいいのかもしれない。しかし桜咲く倶利伽羅峠や紅葉に染まる那谷寺、風雪の日本海などを味わうのも面白い。芭蕉がこの情景を見ていたならばと思い巡らし、句を捻ってみるのも一興だ。芭蕉の旅を追体験しつつ、私なりの、私だけの『奥の細道』を綴ってみてはいかがだろう。しがない芭蕉ファンのひとりだが、その一助として、この本を手にしていただければ嬉しい限りである。

関屋淳子

第一章 深川から松島へ

石巻、日和山の芭蕉と曾良の像

奥の細道原典

深川

月日《つきひ》は百代《はくだい》の過客《くわかく》にして、行《ゆき》かふ年も又旅人也《なり》。舟の上に生涯をうかべ、馬の口とらえて老をむかふる物は、日々旅にして旅を栖《すみか》とす。古人も多く旅に死せるあり。予《よ》もいづれの年よりか、片雲の風にさそはれて、漂泊の思ひやまず、海浜にさすらへ、去年《こぞ》の秋江上《かうしやう》の破屋《はをく》に蜘《くも》の古巣をはらひて、やゝ年も暮《くれ》、春立《たて》る霞の空に白川の関こえんと、そゞろ神《がみ》の物につきて心をくるはせ、道《だう》祖神《そじん》のまねきにあひて、取《とる》もの手につかず。もゝ引の破《やぶれ》をつゞり、笠《かさ》の緒付《をつけ》かえて、三里に灸《きう》すゆるより、松嶋《まつしま》の月先《まづ》心にかゝりて、住《すめ》る方は人に譲り、杉風《さんぷう》が別墅《べつしよ》に移るに、

旅のガイド 1

深川から芦野へ

深川 ふかがわ

寛文十二年（一六七二）、二十九歳で故郷伊賀上野を出て江戸に向かった芭蕉は、その八年後に住居を深川に定めた。

当時は文人が隠棲するにふさわしい水郷情緒豊かな地であったろうが、現在の深川は商工業地で活気にあふれた下町である。しかし、隅田川に架かる新大橋と清洲《きよす》橋、小名木《おなぎ》川に架かる万年《まんねん》橋などが、変わらぬ水景をつくっているともいえよう。

深川の芭蕉遺跡を訪ねるなら、まず芭蕉記念館から始めよう。都営新宿線あるいは大江戸線の森下駅から南へ、徒歩七分の隅田川河畔にある。ここは江東区地域振興会が運営する施設で、「奥の細道」関連の資料や、深川を中心とした江戸の切絵図などを常設展示している。

二、三階が展示室で照明や湿度調節がよく、落ち着いて見学できる。館の入口、植え込みの下に『おくのほそ道』の文中（以下、原典とする）にある旅立ちの句、「草の戸も住替る代ぞひなの家」の句碑がある。

また、築山に人工の滝を配した小庭園があ

大正10年に東京府が芭蕉翁古池の跡と認定。地元の人たちは芭蕉稲荷として祀っている

草の戸も住替《すみかは》る代ぞひなの家
面《おもて》八句を庵《いほり》の柱に懸置《かけおく》。

り、バショウや遊行柳《ゆぎょうやなぎ》など芭蕉ゆかりの植物を植え、俳句の短冊が添えてある。築山の上にはミニチュアの芭蕉庵が立ち、中には翁の像が祀ってある。

傍らには投句箱の用意もあり、これは年一回記念館が発行する年間俳句集に掲載されるし、秀作は短冊になって館内に展示されるから、応募してみるといい。

裏木戸を開けると堤を越えて河畔につくられた遊歩道へ出られる。植え込みの間には東屋《あずまや》やベンチがあり、川風が快い。上下する船が水脈を長く曳いていく。川下に歩くと記念館分館があり、屋上に芭蕉庵史跡展望庭園がある。

ここは分流小名木川が隅田川に流入する角地で、翁の像が隅田川と下手の清洲橋を眺めている。周囲の壁面は往時の深川や芭蕉庵のレリーフ。

万年橋たもとにある芭蕉稲荷が、もと芭蕉庵のあった地といわれている。大正六年に津波が来た折に、芭蕉が愛蔵した石造の蛙が発見され、ここが旧跡と定まったという。現在、この石蛙は芭蕉記念館に展示されている。稲荷は昭和三十年に復旧した小さな社である。

万年橋を渡ってさらに南へ一〇分ほど行くと、清澄《きよすみ》庭園と深川江戸資料館（平成二十一年七月から二十二年七月まで長期休館。期間変更あり）がある。

岩崎家の別邸だった清澄庭園は鯉の泳ぐ広い池を中心にした庭で、四季の花木が美しい。入口正面、池に臨む茶亭、涼亭がある

芭蕉記念館の小さな祠の中に安置される芭蕉座像。大きさは30cm程

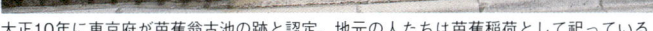

芭蕉稲荷の近くにある芭蕉庵史跡展望庭園の芭蕉像は、悠然と流れる隅田川を眺めている。毎日17時には芭蕉像が90度回転して下手を向き、夕陽と対面する

が、その南の広場に「古池やかはづ飛こむ水の音」の碑が立っている。

仙台堀川に架かる海辺《うみべ》橋を渡ると、芭蕉の門人杉山杉風《さんぷう》の別荘だった採茶庵《さいだあん》の跡がある。芭蕉は芭蕉庵を人に譲り、ここから仙台堀に浮かぶ船に乗り、隅田川をさかのぼり奥の細道へ出発したのである。採茶庵跡には杖を手に、出発の一歩を踏み出そうとする芭蕉像がある。ここから東京メトロ東西線門前仲町駅へは一〇分ほど。

DATA

交通●都営新宿線・大江戸線森下駅下車、芭蕉記念館へ徒歩7分。清澄庭園は清澄白河駅が近い。

見学●芭蕉記念館／9時30分～17時、第2・4月曜休（祝日開館）。●芭蕉庵史跡展望庭園／9時15分～16時30分。記念館・展望庭園ともに☎03（3631）1448　●清澄庭園／9時～17時。☎03（3641）5892

食●名物はアサリを使った深川めし。深川宿、みや古などで。深川宿／11時30分～19時30分、日曜・祝日11時30分～17時、月曜・第3火曜休。☎03（3642）7878

エリア情報●江東区商業観光係
☎03（3647）3312

千住・草加

弥生《やよひ》も末の七日《なぬか》、明《あけ》ぼの、空朧々《ろうろう》として、月は在明《ありあけ》にて光おさまれる物《もの》から、不二《ふじ》の峯幽《みねかすか》にみえて、上野・谷中《やなか》の花の梢《こずゑ》、又いつかはと心ぼそし。むつましきかぎりは宵《よひ》よりつどひて、舟に乗《のり》て送る。千じゅと云《いふ》所にて船をあがれば、前途三千里のおもひ胸にふさがりて、幻《まぼろし》のちまたに離別の泪《なみだ》をそゝく。

行春《ゆくはる》や鳥啼魚《とりなきうを》の目は泪《なみだ》

是《これ》を矢立《やたて》の初《はじめ》として行道《ゆく》なをすゝまず。

人々は途中に立《たち》ならびて、後《うしろ》かげのみゆる迄《まで》はと見送《みおくる》なるべし。

ことし元禄二《ふた》とせにや、奥羽長《ちやう》途《ど》の行脚只《あんぎやただ》かりそめに思ひたちて、呉天《ごてん》に白髪の恨《うらみ》を重《かさ》ぬといへ共《ども》、

千住《せんじゅ》

千住は古く千寿と書き、中世から奥州への道筋になっていた。徳川家康は江戸へ入国したのち、すぐにここへ架橋を命じ、文禄三年（一五九四）には早くも千住大橋が完成している。そして日光道中第一の宿駅、江戸四《し》宿《しゆく》の一つとして栄えた。今も千住一丁目から五丁目まで、わずかながら街道筋の面影を残している。

芭蕉は、元禄二年（一六八九）の三月二十七日（新暦五月十六日）に、深川から舟に乗り、小名木《おなぎ》川から隅田川へと入って千住に上陸した。深川からは約一〇キロである。ここで見送りの人々と別れを惜しみ、遙かなみちのくへの期待と不安を抱いて、旅路の第一歩を踏み出したのである。千住大橋を渡ったすぐのところ、大橋公園に史跡おくのほそ道矢立初《やたてはじめ》の碑があり、原典の一部が刻まれている。

この記念碑から南へ四〇〇メートルのところにある素盞雄《すさのお》神社は平安時代の創建という古社で、子育てに信仰が厚い。境内に高くそびえる子育てイチョウの脇に芭蕉句碑が立つが、これは文政三年（一八二〇）建立という古いもの。「千じゅと云所にて船をあがれば……」で始まり、「行春や鳥啼魚の目は泪」で結んでいる。下部には谷文晁の弟子が描いたという芭蕉像も刻まれている。

千住には橋戸稲荷神社や、勝専寺（赤門寺）、長円寺など古社寺が多い。やっちゃ場（青果などの競り市場）があった千住河原町入口には奥の細道プチテラスがあり、芭蕉像

千住大橋たもとの「おくのほそ道矢立初の碑」

耳にふれていまだめに見ぬさかひ、若生《もしいき》て帰らばと、定《さだめ》なき頼《たのみ》の末をかけ、其日 漸《やうやう》草加《そうか》と云宿《いふしゆく》にたどり着《つき》にけり。痩骨《さうこつ》の肩にかゝれる物先《まづ》くるしむ。只《ただ》身すがらにと出立《いでたち》侍《はべる》を、帋子《かみこ》一衣《いちえ》は夜の防ぎ、ゆかた・雨具《あまぐ》・墨《すみ》・筆のたぐひ、あるはさりがたき餞《はなむけ》などしたるは、さすがに打捨《うちすて》がたくて、路次《ろし》の煩《わづらひ》となれるこそわりなけれ。

素盞雄神社境内「行春や…」の句碑

が立つ。宿駅の歴史にふれたいなら、千住宿歴史プチテラスへ。京成電鉄千住大橋駅から徒歩三分だ。街道筋の伝馬《てんま》屋敷の面影がある横山家の内蔵《うちぐら》を復元した建物と純和風の石庭を再現している。現在は区民のための貸しギャラリーとして利用されている。

DATA

交通●JR常磐線、東京メトロ日比谷線、東武鉄道ほか北千住駅下車、徒歩10～15分。素盞雄神社は常磐線南千住駅が近い。
見学●千住宿歴史プチテラス／足立区千住河原町21-11 ☎03（3880）5707（足立区まちづくり公社） ●素盞雄神社／☎03（3891）8281
エリア情報●足立区観光交流協会 ☎03（3880）5853

室の八島
むろのやしま

千住を出発した芭蕉は第一日目の宿を草加《そうか》にとったとしており、草加市でも綾瀬川沿いの遊歩道に百代橋や矢立橋、芭蕉像などがあるが、曾良の随行日記によれば、実際は一日目が粕壁《かすかべ》（春日部）、ついで間々田《ままだ》、喜沢、飯塚を通っている。

歌枕として知られた室の八島へ参ったのは三月二十九日である。室の八島は栃木市惣社町にある大神《おおみわ》神社のことで、式内社かつ下野《しもつけ》の惣社でもある。ちなみに下野国府は神社の東方三キロ余に遺構が見られる。

境内正面から杉の古木が導く参道に入る。本殿の近くにあるうっそうとした森が室の八島で、こんもりした小さな八つの島の上にミニチュアの社、浅間《せんげん》、筑波、鹿島、香取、雷電《いかづち》、熊野、二荒《ふたら》、天満宮の八社が祀られている。それぞれ方一〇歩ほどの小さな島は石橋で結ばれ、水際まで草木が茂って幽すいである。赤い鳥居をくぐって一周できる。ここと社殿は平成五年に改修されていて、足洗い場、お水取場、人形《ひとがた》流し場などの立札や、説明板も完備している。

室の八島の入口の「いと遊に…」の句碑

室の八島

室《むろ》の八嶋《やしま》に詣《けい》す。同行《どうぎやう》曾良《そら》が曰《いは》く「此《この》神は木《こ》の花さくや姫の神と申《まうし》て、富士一躰《いつたいなり》也。無戸室《うつむろ》に入《いり》て焼給《やけたま》ふちかひのみ中に、火々出見《ほほでみ》のみこと生れ給ひしより、室の八嶋と申《まうす》。又煙を読習《よみならは》し侍《はべる》もこの謂《いはれ》也」。将《はた》、このしろという魚を禁ず。縁起《えんぎ》の旨《むね》、世に伝ふ事も侍《はべり》し。

玉垣の中の社殿は背後を竹林や杉林におおわれており、ここから「関東ふるさとの道」が、国府跡や風土記の丘に続いている。

芭蕉は歌枕に関心が深く、奥の細道は歌枕の地探訪でもあったはずだが、ここの記事は短く、そのうえ曾良に説明させるという形式をとっている。歌枕としての室の八島は「煙」を詠むのが通例とされ、原典にはないが、芭蕉もここで「いと遊《ゆう》に結びつきたるけふりかな」の句を詠んでおり、八島の入口に句碑が立っている。

室の八島詣後、芭蕉一行は壬生《みぶ》を経て鹿沼《かぬま》に向かい一泊する。鹿沼市の今宮神社には「君やてふ我や荘子《そうじ》の夢心」の句碑もあり、どっしりした蔵造りの残る家並みが歴史を感じさせる。

DATA

交通●東武宇都宮線野州大塚駅から室の八島（大神神社）へ徒歩15分。東北自動車道栃木ICから約7km。

エリア情報●栃木市観光協会

☎0282（25）2356

室の八島は杉木の中にひっそりと置かれている

日光

卅日《みそか》、日光山の梺《ふもと》に泊る。あるじの云《いひ》けるやう「我名を仏《ほとけ》五左衛《ござゑ》門《もん》と云《いふ》。万《よろづ》、正直を旨とする故に、人かくは申侍《まうしはべる》まゝ、一夜の草の枕《まくら》も、打解《うちとけ》て休み給へ」と云《いふ》。いかなる仏の濁世塵土《ぢよくせぢんど》に示現《じげん》して、かゝる桑門《さうもん》の乞食巡礼《こつじきじゆんれい》ごときの人をたすけ給ふにやと、あるじのなす事に心をとゞめてみるに、唯無智無分別《ただむちむふんべつ》にして、正直偏固《へんこ》の者也。剛毅木訥《がうきぼくとつ》の仁に近きたぐひ、気稟《きひん》の清質《せいしつ》最も尊ぶべし。

卯月朔日《うづきついたち》、御山《おやま》に詣拝《けいはい》す。往昔此《そのかみこの》御山を「二荒山《ふたらやま》」と書《かき》しを、空海大《くうかいだい》師《し》開基の時、「日光」と改《あらため》給ふ。千歳未来をさとり給ふにや、今此御《み》光《ひかり》一天にかゝやきて、恩沢八荒《おんたくはつくわう》にあふれ、四民安堵《しみんあんど》の栖《すみか》、穏《おだやか》なり。

極彩色の華麗な陽明門。400を越える彫刻が彫られている

猶《なほ》、憚《はばかり》多くて、筆をさし置《おき》ぬ。
黒髪山《くろかみやま》は霞《かすみ》かゝりて雪いまだ白し。

剃捨《そりすて》て黒髪山に衣更《ころもがへ》　曾良

曾良は河合氏《かはひうぢ》にして惣五郎《そうごらう》と云へり。芭蕉の下葉《したは》に軒をならべて、予《よ》が薪水《しんすい》の労をたすく。このたび松しま・象潟《きさがた》の眺《ながめ》共にせん事を悦《よろこ》び、且《かつ》は羈旅《きりよ》の難をいたはらんと、旅立《たびだつ》暁《あかつき》、髪を剃《そり》て墨染《すみぞめ》にさまをかえ、惣五《そうご》を改《あらため》て宗悟《そうご》とす。仍《よつ》て黒髪山の句有《あり》。「衣更」の二字力ありてきこゆ。

廿余丁、山を登つて滝有《あり》。岩洞《がんとう》の頂より飛流して百尺千岩の碧潭《へきたん》に落《おち》たり。岩窟《がんくつ》に身をひそめ入《いり》て、滝の裏よりみれば、うらみの滝と申伝え侍《はべ》る也《なり》。

暫時《しばらく》は滝に籠《こも》るや夏《げ》の初《はじめ》

日光
にっこう

四月一日（新暦五月十九日）、芭蕉は日光東照宮に参拝した。江戸時代もまだ初期、徳川家康（東照大権現）の威光さめやらず、「今此御光一天にかゝやきて」と書きながら、「猶 憚《はばかり》 多くて」と筆を濁している。

有名な「あらたうと青葉若葉の日の光」の句碑は日光市内に三カ所あるが、一番見学しやすいのは東照宮山内、宝物館の入口近くに立つもの。昭和三十一年の建立で日本画家小杉放庵の筆になる。すぐ脇にはモミジの大木があり、秋には見事な紅葉を見せる。ほかの二基は下鉢石町の高野家と久次良沢町の大日堂跡にある。

日光山内は今は東照宮、二荒山《ふたらさん》神社、輪王《りんのう》寺《じ》の二社一寺に分かれており、いずれもぜひ拝観したい。「日光を見ずして結構というな」の諺《ことわざ》どおり華麗な国宝建造物が、老杉の中に点在している。

三代将軍家光を祀る大猷院《だいゆういん》廟も拝観して約四時間がかり。きらびやかな陽明門。数々の色鮮やかな彫刻などに目くるめくが、句碑の沈潜もまた捨てがたい。

東照宮の参詣を終えた芭蕉は、上鉢石のいわゆる「仏五左衛門」という主《あるじ》の宿に泊まり、翌日の昼までには　裏見《うらみ》の滝と含満ケ淵《がんまんがふち》の見物をすませた。

裏見の滝は奥日光への国道一二〇号線から北へ入ったところ、バス停の入口からは約四〇分、駐車場からでも一五分は山道を歩くことになる。滝は荒沢川にかかる高さ四五メートル、幅二メートル。名のとおり裏側から見るのが絶景だったようだ。現在は手前の観瀑台から見学するのみ。「暫時は滝に籠るや夏の初」の芭蕉の句で、情景をしのぼう。なお、

日光東照宮の唐門は豪華な国宝建築。「あらたうと…」と拝んだ芭蕉の心境はいかが

この句碑は安良沢《あらさわ》小学校の校舎前にある。

大谷《だいや》川の河岸のほうに下りて行くと、小さな標柱に「大日堂跡入口」とある。三〇メートルほど細道を下りたところがそれで、草地の小公園となり、東屋も立っていて気分がよ

大谷川の奔流。背後には黒髪山と呼ばれる男体山がそびえる

含満ケ淵に居並ぶ石仏。苔生して川を眺める

い。川に面して石垣が残り、脇に「あらたうと…」の句碑がある。モミジの大木が茂って、若葉や紅葉の季節がよい。

含満ケ淵はバス停総合会館前から徒歩一五分。男体《なんたい》山の噴火で流出した溶岩流を大谷川が侵食して生まれた奇景である。巨岩の間の流れは深く渦を巻き、水の青さに思わず引き込まれそうになる。対岸の岩には弘法大師が“投げ筆”したという「憾満《かんまん》」の二字が刻まれている。なお、黒髪山とあるのは、日光連山の主峰、男体山のこと。

日光は国際的なリゾート。門前町には飲食店、旅館、土産物店が並んでいるし、霧降高原や中禅寺湖畔へ行けば自然も豊かである。

DATA

交通●JR日光線日光駅、東武日光線東武日光駅下車。東照宮へはバスで神橋まで5分。日光宇都宮道路日光ICから国道119号線で約2.5km。

見学●東照宮（表門から石の間まで）・輪王寺三仏堂・大猷院廟／8時～17時（11～3月は～16時）。☎0288（54）0560

食●名物のニジマス料理は日光金谷ホテル、ゆば料理は恵比寿家、明治の館などで。

宿●日光湯元温泉はバスで1時間20分、休暇村日光湯元もある。

エリア情報●日光観光協会

☎0288（54）2496

那須野

那須《なす》の黒《くろ》ばねと云所《いふところ》に知人《しるひと》あれば、是《これ》より野越《のごえ》にかゝりて、直道《すぐみち》をゆかんとす。遙《はるか》に一村を見かけて行《ゆく》に、雨降《ふり》、日暮《くる》る。農夫の家に一夜をかりて、明《あく》れば又野中《のなか》を行《ゆく》。そこに、野飼《のがひ》の馬あり。草刈《くさかる》おのこになげきよれば、野夫《やぶ》といへども、さすがに情しらぬには非《あら》ず。「いかゞすべきや。されども此《この》野は縦横《じゆうわう》にわかれて、うゐ〳〵敷《しき》旅人の道ふみたがえん、あやしう侍《はべ》れば、此馬のとゞまる所にて馬を返し給へ」と、かし侍《はべり》ぬ。ちいさき者ふたり、馬の跡したひてはしる。独《ひとり》は小姫《こひめ》にて、名を「かさね」と云《いふ》。聞《きき》なれぬ名のやさしかりければ、

かさねとは八重《やへ》撫子《なでしこ》の名成《なる》べし　　**曾良**

黒羽
くろばね

一四〇日を超える奥の細道の旅で、芭蕉が一四日間と最も長く滞在したのが黒羽である。門人の浄法寺（原典では浄坊寺）桃雪、翠桃（同・桃翠）兄弟の手厚いもてなしを受けたこと、五月雨《さみだれ》が続いたこと、みちのくの長旅に備えて気力と体力の調整を図ったこと、などが理由として挙げられている。とはいっても休んでいるばかりでなく、周辺の名所旧跡を精力的に見て歩き、この紀行中最初の歌仙も興行している。

現・大田原市、黒羽の街なかは南北に那珂《なか》川が貫流しており、夏は鮎釣りや観光簗《やな》で賑わう地でもある。江戸時代には黒羽藩大関氏一万八千石の城下町で、門人浄法寺桃雪は城代家老を務めていた。当時の城跡は公園となり、平成元年には芭蕉の館《やかた》が完成している。

名所、句碑めぐりには黒羽観光協会で地図をもらい、常念寺～光明寺跡～西教寺～玉藻《たまも》稲荷神社～浄法寺桃雪邸跡と回るのがよい。約七キロ、黒羽支所にはレンタサイクルもある。雲巌寺《うんがんじ》へは街の中心部から約一二キロもあるから、タクシーの利用が便利。これに

芭蕉の館。前方に馬上の芭蕉と曾良の像がある

頓《やが》て人里に至れば、あたひを鞍《くら》つぼに結付《むすびつけ》て、馬を返しぬ。

黒羽

黒羽《くろばね》の館代《くわんだい》浄坊寺《じやうぼうじ》何がしの方《かた》に音信《おとづ》る。思ひがけぬあるじの悦《よろこ》び、日夜語《かたり》つゞけて、其《その》弟桃翠《たうすい》など云《いふ》が、朝夕勤《つとめ》とぶらひ、自《みづから》の家にも伴ひて、親属《しんぞく》の方にもまねかれ、日をふるまゝに、日《ひ》とひ郊外に逍遥《せうえう》して、犬追物《いぬおふもの》の跡を一見し、那須の篠原《しのはら》をわけて、玉藻《たまも》の前《まへ》の古墳《こふん》をとふ。それより八幡宮に詣《まうづ》。与市《よいち》、扇《あふぎ》の的《まと》を射し時、「別しては我国《わがくにの》氏神正《うぢがみしやう》八まん」とちかひしも、此《この》神社にて侍《はべる》と聞《きけ》ば、感応殊《ことに》しきりに覚えらる。暮《くる》れば桃翠宅に帰る。修験《しゆげん》光明寺と云有《いふあり》。そこにまねか

那須神社と大雄寺《だいおうじ》を加えるとよい。

常念寺の句碑は「野を横に馬牽むけよほとゝぎす」。光明寺跡はすっかり水田となっており、安倍能成筆の「夏山に足駄を拝むかどで哉」が立つ。芭蕉の拝んだ行者堂は健脚の役行者《えんぎようじや》を祀るもので、それにあやかって道中の無事を祈ったものだろう。西教寺の境内には曾良の「かさねとは八重撫子の名成べし」。芭蕉が黒羽での歌仙の発句「秣《まぐさ》負ふ人を枝折《しおり》の夏野哉」、草深い那須野を通ってきた実感のこもるこの挨拶句は玉藻稲荷神社に。鳥居の横にある小さな鏡ケ池は三浦介義明が九尾《きゅうび》の狐を討ち取ったという伝説の池。ここから那須与一ゆかりの那須神社は、さほど遠くない。木立の中の神さびた古社だ。

街の中心部へ戻って那珂川東岸の浄法寺桃雪邸跡を訪ねる。裏庭に加藤楸邨筆の「山も庭もうごき入るゝや夏座敷」の碑。すぐ隣が大関氏菩提寺の大雄寺である。室町時代創建の古寺で、いわゆる七堂伽藍が禅宗様式で並んでおり、その大半が茅葺きの美しいお堂。

そして芭蕉句碑めぐりのハイライト、雲巌寺へ。臨済宗妙心寺派の名刹で開創は十二世紀、現在の建物は江戸末期の建築である。武《む》

黒羽の芭蕉の館の前。「野を横に…」の句境を彷彿とする像だ

「かさねとは…」那須野の句碑が芭蕉の館に

れて行者堂《ぎようじやだう》を拝す。

夏山に足駄《あしだ》を拝む首途《かどで》哉《かな》

当国雲岸寺のおくに仏頂《ぶつちやう》和尚《をしやう》山居跡《さんきよのあと》あり。

竪横《たてよこ》の五尺にたらぬ草の庵《いほ》
むすぶもくやし雨なかりせば

と松の炭して、岩に書付侍《かきつけはべ》りと、いつぞや聞え給《たま》ふ。其《その》跡みんと、雲岸寺に杖《つゑ》を曳《ひけ》ば、人々すゝんで共にいざなひ、若き人おほく道のほど打さはぎて、おぼえず、彼梺《かのふもと》に到《いた》る。山はおくあるけしきにて、谷道遥《たにみちはるか》に、松杉黒く、苔《こけ》したゞりて、卯月《うづき》の天、今猶《なほ》寒し。十景尽《つく》る所、橋をわたつて山門に入《いる》。

さて、かの跡はいづくのほどにやと後《うしろ》の山によぢのぼれば、石上の小菴《せうあん》、岩窟《がんくつ》にむすびかけたり。妙禅《めうぜん》

茂《も》川のほとり、深山幽谷の気が漂う境内には「木啄《きつつき》も庵はやぶらず夏木立」の句と、芭蕉の参禅の師である仏頂和尚の「たて横の五尺にたらぬくさの庵　むすぶもくやしあめなかりせば」の和歌が、仲よく一つの碑に並んでいる。

これで名所、句碑めぐりはすんだが、最後に芭蕉の館を訪れよう。浄法寺桃雪邸跡から芭蕉の道を歩くと、芭蕉の広場に出る。ここには原典の「那須の黒ばねと云所に知人あれば…」の文学碑、馬に乗った芭蕉とお供の曾良の像が立つ。また「かさねとは…」の句碑も。館内展示は芭蕉関係のほか、大関氏関連の文書など。館前の小公園には桜、アジサイ、花ショウブなどが咲き、池にはスイレンが浮かぶ。

DATA

交通●JR東北本線西那須野駅下車、バス35分。東北自動車道西那須野塩原ICから国道400、461号線経由で約22km。黒羽から芭蕉の館へは車5分、雲巌寺へ車約20分、句碑めぐりをタクシーですると約1時間。

見学●芭蕉の館／9時～17時、月曜休。☎0287（54）4151　●大雄寺・雲巌寺・那須神社／見学自由。

食●5～11月には黒羽橋たもとの黒羽観光簗で鮎の炉端焼きが味わえる。

エリア情報●黒羽観光協会
☎0287（54）1110

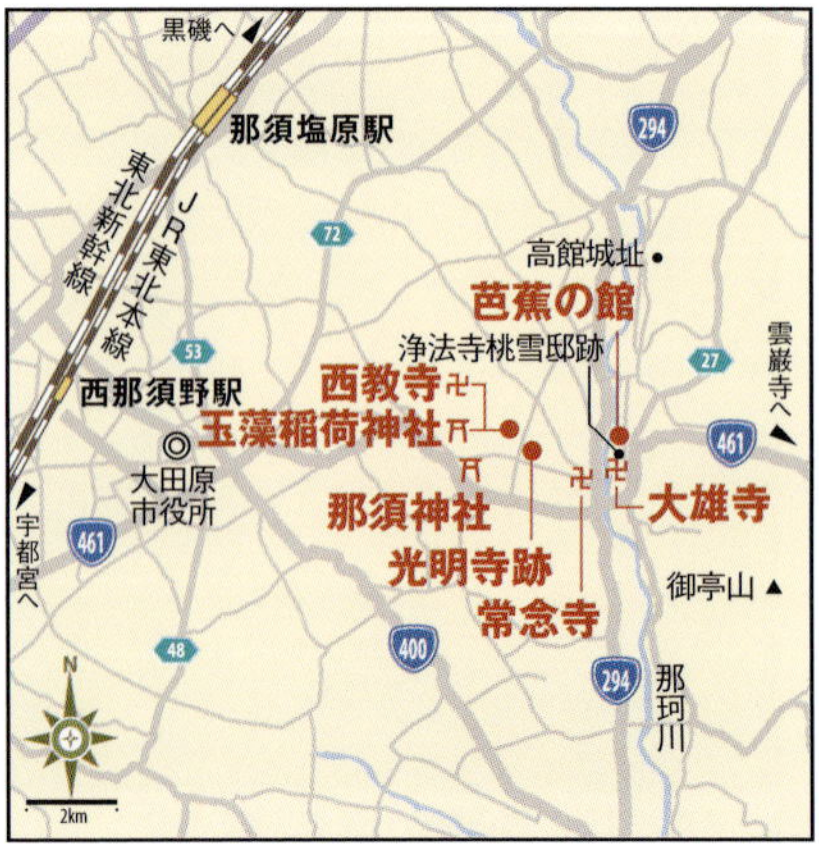

西教寺にある曾良の句碑「かさねとは…」

師《じ》の死関《しくわん》、法雲《ほふうん》法師の石室をみるがごとし。

木啄《きつつき》も庵はやぶらず夏木立

と、とりあへぬ一句を柱に残《のこし》侍《はべり》し。

殺生石

是《これ》より殺生石《せつしやうせき》に行《ゆく》。館代《くわんだい》より馬にて送らる。此口付《このくちづき》のおのこ、短《たん》冊《じやく》得させよと乞《こふ》。やさしき事を望《のぞみ》侍《はべ》るものかなと、

野を横に馬牽《ひき》むけよほとゝぎす

殺生石は温泉《いでゆ》の出《いづ》る山陰にあり。石の毒気《どくき》いまだほろびず。蜂・蝶《てふ》のたぐひ、真砂《まさご》の色の見えぬほど、かさなり死す。

茅葺き屋根は雨も陽光も吸う寛容をもっている。黒羽藩主大関氏の菩提寺大雄寺は街なかにある

雲巌寺の夏木立は昔のままに閑寂な風情

武茂川の流れを渡ると雲巌寺境内。禅寺らしい森厳なたたずまいの本堂の前に句碑が立つ

藩主菩提寺大雄寺近く、芭蕉の道入口に立つ句碑

那須《なす》

四月十六日（新暦六月三日）、二週間に及ぶ黒羽滞在を終えた芭蕉一行は、那須へ向かった。途中、曾良日記に鍋掛《なべかけ》の地名が見えるが、現在の黒磯市鍋掛の消防小屋に「野を横に…」の句碑がある。

那須では陸羽街道沿いの高久《たかく》で、庄屋角（覚）左衛門方に浄法寺桃雪の紹介で泊まった。高久家は今もこの地にあり、門前には「芭蕉二宿の地」の標識が立つ。門内の赤松の老樹の下に、平成元年、芭蕉没後三〇〇年に建てた「落《おち》くるやたかくの宿《しゆく》のほとゝぎす」に曾良の付句《つけく》「木の間をのぞく短夜の雨」を並べて刻んだ句碑があるが、本来の碑は北隣の淡竹《はちく》の藪の中に立つ。角左衛門の孫にあたる青楓が芭蕉没後六一年に建てたものだが、文字が磨滅したため、新たに町が古碑には覆屋根をかけ、庭内に建碑したもの。

なお、国道四号（旧陸羽街道）沿いの高久家菩提寺高福寺の参道正面にも句碑があり、ここの付句は「一と間をしのぐ…」となっているというが、磨耗して読めない。

角左衛門家に二泊したのち、那須の殺生石《せっしょうせき》へ向かう。那須野は茶臼岳（一九一五メートル）南麓に広がる大高原である。その中心、那須湯本温泉の上手に、式内の古社湯泉《ゆぜん》神社がある。すぐ横は殺生石のある〝地獄〟で、硫黄の匂いが境内まで漂ってきている。

文治元年（一一八五）に那須与一が奉納したという石鳥居をくぐり、拝殿に向かう石段の途中に句碑がある。小さな自然石にえぐられた穴があり、読みにくいが、曾良日記にある「湯をむすぶ誓《ちかい》もおなじ石清水《いわしみず》」の句である。芭蕉らはここで与一が扇の的を射たときの矢などを見ているが、今は見ることがで

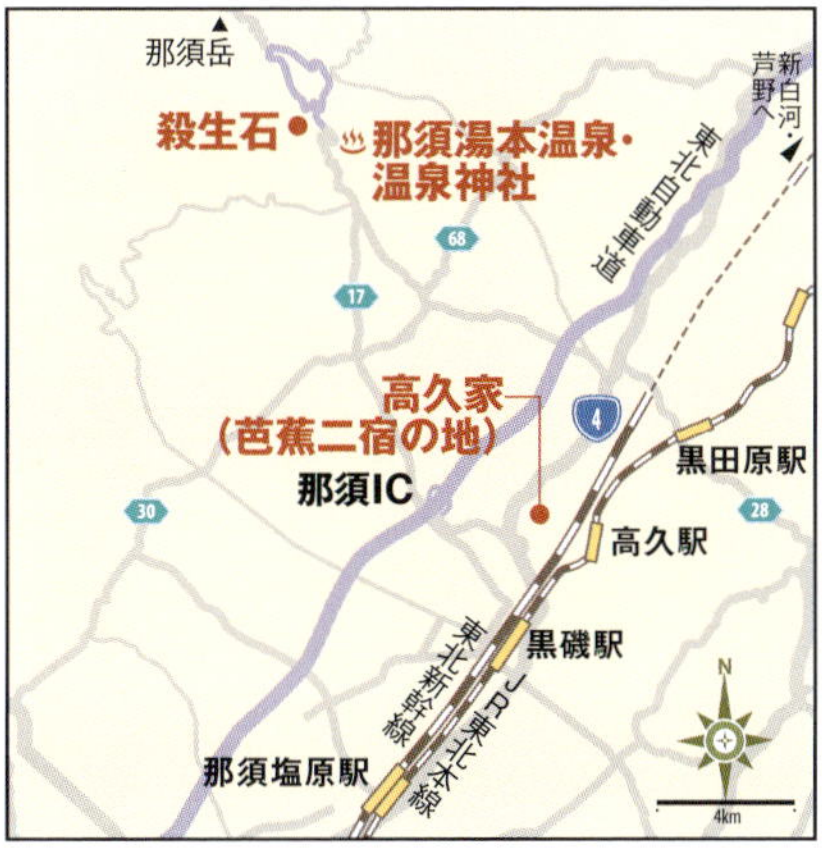

殺生石の周囲は“地獄”の様相。一隅に大きな句碑「石の香や…」がある

遊行柳の下に立つ句碑「田一枚…」

芦野

又、清水ながるゝの柳は、蘆野《あしの》の里にありて、田の畔《くろ》に残る。此《この》所の郡守、戸部《こほう》某《なにがし》の、「此柳みせばや」など、折々にの給《たま》ひ聞え給ふを、いづくのほどにやと思ひしを、今日《けふ》此《この》柳のかげにこそ立《たち》より侍《はべり》つれ。

田一枚植《うゑ》て立去る柳かな

きない。境内にはブナやミズナラの古木が茂り、福神水や水琴窟もあって閑雅な趣。

社殿の脇の遊歩道を下り、湯川に沿って上ると殺生石に出る。九尾《きゅうび》の狐が死んだのちも毒石となって、生けるものを殺したという伝説をもつ巨石である。一帯には硫黄の匂いが立ち込め、千体地蔵なども並んでオドロオドロしい。河原の一隅に芭蕉の「石の香や夏草赤く露あつし」の大きな碑が立っている。

DATA

交通●JR東北北新幹線那須塩原駅下車、那須湯本温泉行きバス50分。東北自動車道那須ICから約13km。高久へはJR東北線高久駅から徒歩15分。黒磯バイパス立体交差の下。
宿●那須湯本、新那須温泉に旅館多数。弁天温泉に休暇村那須がある。
エリア情報●那須観光協会
☎0287（76）2619

芦野

あしの

四月二十日の八時頃、那須湯本をたった芭蕉一行は五里の山道に難儀しながら、正午前後には芦野に着いた。芦野には芭蕉が私淑する西行ゆかりの遊行柳《ゆぎょうやなぎ》がある。

原典には田の畦《あぜ》の間に柳が残るとあるが、今もそのとおりで近くの水路に石垣を造るなど整備され、国道二九四号線沿いに遊行庵という無料休憩所と駐車場もある。

ここから田んぼの中の道を歩いて行くと、こんもりした鎮守の森が見える。遊行柳は鳥居の脇にあり、その陰に「田一枚植て立去る柳かな」の句碑が、向かいに西行の「道の辺に清水流るゝ柳かげ　しばしとてこそ立ちどまりつれ」の歌碑が立つ。共に江戸時代の建立だから文字はだいぶ磨滅している。

歌碑の背後にある与謝蕪村の「柳散《ちり》清水涸《かれ》石処々《いしところどころ》」と漢詩仕立ての句碑は俳人富安風生筆、昭和二十三年の立碑で読みやすい。

柳のほか桜も多く、春先はのどかだ。芦野は那須七騎の一人、三千石の旗本芦野氏の領地だったところである。

DATA

交通●JR東北本線黒田原駅下車。芦野へはタクシー利用で、10分。東北自動車道那須ICから約17km。
エリア情報●那須町芦野支所・公民館
☎0287（74）0002

早苗田を前景に柳二本が印象深い。遊行柳は左の木

奥の細道原典

白河関

心許《こころもと》なき日かず重《かさな》るまゝに、白川の関にかゝりて、旅心《たびごころ》定《さだま》りぬ。「いかで都へ」と便求《たよりもとめ》しも理也《ことわりなり》。中にも此《この》関は三関《さんくわん》の一《いつ》にして、風《ふう》騒《さう》の人、心をとゞむ。秋風を耳に残し、紅葉《もみぢ》を俤《おもかげ》にして、青葉の梢《こずゑ》猶《なほ》あはれ也。卯《う》の花の白妙《しろたへ》に、茨《いばら》の花の咲《さき》そひて、雪にもこゆる心地ぞする。古人冠を正し、衣装を改《あらため》し事など、清輔《きよすけ》の筆にもとゞめ置《おか》れしとぞ。

卯《う》の花をかざしに関の晴着《はれぎ》かな　曾良

旅のガイド 2　白河から岩沼へ

白河関　しらかわのせき

四月二十日（新暦六月七日）、那須湯本を出発した芭蕉は、芦野へ出て奥州道中を北上、下野《しもつけ》（栃木県）と陸奥《むつ》（東北地方）の国境である関の明神に着いた。今、この旧街道は国道二九四号線となり、幅は狭いが舗装されたよい道である。

曾良は関明神と書いているが、今は栃木県側に玉津島神社、福島県側に境神社（異説もある）があり、小さな切通しの坂道に並んでいる。二国の境を守る鎮守で、向かい側には「従是北白川領」という領界石もある。

玉津島神社はそっけない感じだが、境神社は立派な石段の上に立っており、社殿は天保二年（一八三一）の造営でなかなか趣がある。背後からうっそうと樹木がおおい、小暗い影をつくるなか、社殿の脇に多くの句碑が立つ。その中には安永六年（一七七七）建立の芭蕉句碑「風流の初やおくの田植うた」もある。

関明神へ参拝した芭蕉らは、このあと旗《はた》宿《じゅく》へ向かい一泊した。古関跡を訪ねたのである。国境から約六キロ、曾良日記のとおり

境の明神。福島県側の境神社

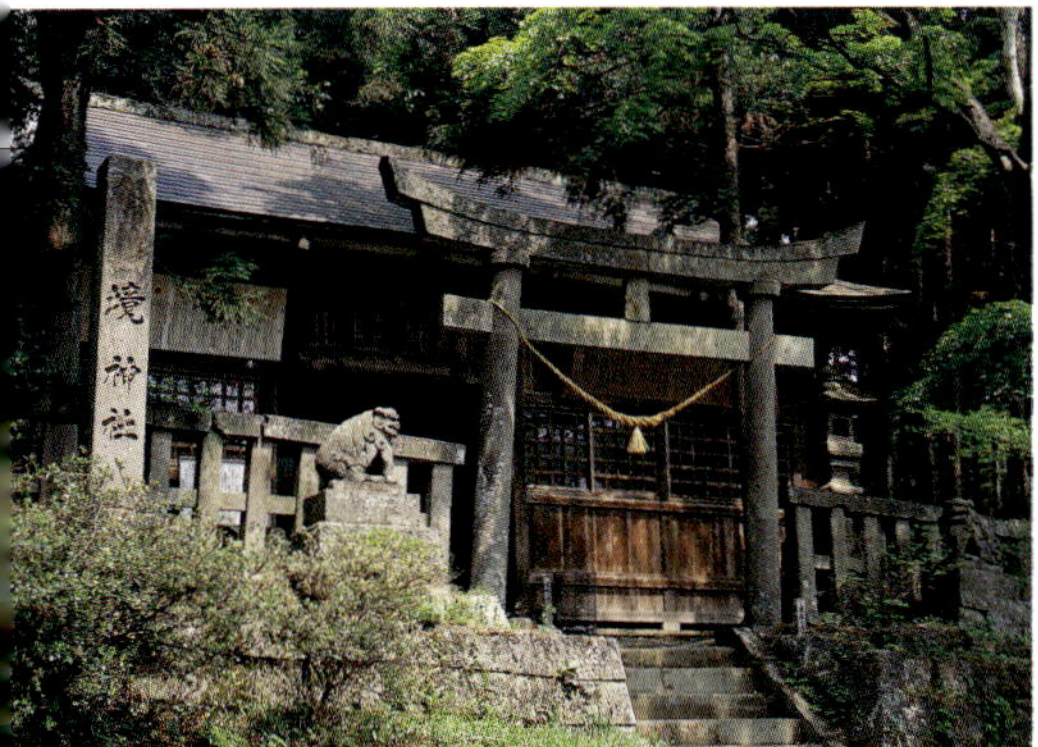

白河関跡は整備され、濠跡などを見ながら一周できる。式内社の白河神社も神さびている

「白坂ノ町ノ入口ヨリ右ニ切レテ」行ったところ。今は「おくのほそ道自然遊歩道」の標識が立ち、道も舗装されている。途中はほとんど人家もなく畑地や雑木林が続くばかり。

白河関は七世紀半ばに設けられ、勿来《なこそ》関、念珠《ねず》ケ関とともに奥州三関と呼ばれた。いつの頃か廃されて関屋だけが残っていたことは西行の歌で知られるが、歌枕として多くの和歌に登場し、芭蕉もそれを踏まえている。

古関跡を今の旗宿南方、関の森の地に比定したのは後の白河藩主松平定信で、寛政十二年（一八〇〇）にここへ「古關蹟」の碑を建

松平定信が建てた「古關蹟」碑。古雅な書体が場所にふさわしい

関跡を守るが如き二位の杉。藤原家隆（従二位）の手植えと伝える

てた。昭和三十年代の発掘調査では、土塁跡、柵跡、門跡など遺構が確認され、国の史跡に指定された。しかし異説もある。

碑の近くには鳥居が立ち、参道が延びる白河神社がある。鳥居脇には樹齢五〇〇年という藤があって、五月には美しい花房を垂れる。参道には曾良の「卯の花をかざしに関の晴着かな」にちなむウツギが植えられ、これも五月に白い花が境内を飾る。

神社の本殿は伊達政宗の造営、拝殿は昭和三十九年の建築で側に古歌碑があり、有名な能因法師「都をば霞と共にたちしかど秋風ぞ吹く白河の関」、平兼盛「便りあらばいかで都へ告げやらむけふ白河の関は越えぬと」の二首に、この二人に並ぶのはいささか面映ゆいと思われる鎌倉時代の武将、梶原景季の「秋風に草木の露を払はせて　君が越ゆれば関守もなし」、以上三首が刻まれている。

神社の西側が関所の遺構とされる地で、亭々と木がそびえ遊歩道がめぐらされている。空濠《からぼり》跡～文学碑～二位の杉と矢印の案内板に従って歩く。この関所には五段構えの柵があったとか、土器や鏃《やじり》も多く出土したとのことである。

早春にカタクリの花が見られる沿道には、川柳や歌碑も多い。一番下にあるのが「おくのほそ道」文学碑で、「心許なき日かず重るまゝに…」で始まる一節が、俳人、加藤楸邨の筆で刻まれている。森からひときわ高くぬきんでているのは、藤原家隆手植えという二位の杉。源義経が平泉から兄頼朝のもとへ馳せ参ずる折、源氏の旗を立てた旗立桜も。戦勝を祈って矢を射たという矢立杉は根っこだけになってしまった。

神社の鳥居から五〇〇メートルほど先へ行くと、白河関の森公園がある。入口には白河

庄司戻しにある桜の下の霊桜碑

境の明神。栃木県側の玉津島神社

ラーメンの店があり、その向かい側が緑地に。ロータリーには芭蕉と曾良の像が立つ。立派なビジュアルハウスは、白河を詠んだ歌人俳人の紹介がライトアップで出てくるところだ。「ふるさとの家」、江戸の関所や水車小屋、展望台などもあわせて一周したい。公園内には梅、ツツジ、アジサイにリンゴ畑などもあってひと休みにも絶好である。

旗宿を出て北へ向かう道の霊桜《れいおう》碑の立つところが庄司《しょうじ》戻し。義経と共に鎌倉へ向かう佐藤継信、忠信兄弟の父・基治（佐藤庄司）が、ここまで兄弟を送ってきて「忠なれば生きよ、不忠なれば枯れよ」といって桜を植えたという。桜はもちろん植え継がれたもので、若いが花つきはいい。

翌二十一日、芭蕉は関山《せきさん》の満願寺へ登った。「籏ノ宿ヨリ峯迄一里半、麓ヨリ峯迄十八丁、山門有、本堂有」と曾良は書いているが、寺は山火事で焼け、山頂には堂があるだけ。しかし山頂は眺望がよい。

白河は芭蕉の来遊当時、内藤氏五万石の城下であった。南方にある日本最初の公園という南湖《なんこ》公園は、まだつくられていない。今は広い池を中心にした桜とモミジの名所である。白河駅の北にある小峰城跡は、十四世紀に結城《ゆうき》氏が築いたもので、白河藩主の居城であった。平成三年に三重櫓、平成六年に前御門が復元されて見学ができる。復元といっても他の城のようにコンクリートではなく、木造なのが嬉しい。

曾良日記にある白河周辺の歌枕は、宗祇戻し、うたゝねの森、忘《わすれ》ず山など。現在はこれらすべて忘れ去られている。

DATA

交通●JR東北本線白河駅下車。新幹線新白河駅からはバスで市街へ。白河駅前から境神社へバス20分、関跡へは20分。共に本数は少なく、神社から関跡へのバスはない。タクシーで回ると白河〜関明神〜関跡のコースで、約3時間。車は国道294号線を利用、芦野から境神社へ約10km、神社から関跡へは約6km。

見学●白河関の森公園／9時〜17時（11〜3月は〜16時）、第2水曜休。☎0248（32）2921　●小峰城／10時〜15時。☎0248（22）1111（白河市役所都市計画課）。

食●白河ラーメンは白河関の森公園内の麺しょうなどで。手打ちそばもうまく、藤駒本店、吉田屋などで。

エリア情報●白河市役所商工観光課 ☎0248（22）1111

須賀川

とかくして越行《こえゆく》まゝに、あぶくま川を渡る。左に会津根《あひづね》高く、右に岩《いは》城《き》・相馬《さうま》・三春《みはる》の庄《しやう》、常陸《ひたち》・下野《しもつけ》の地をさかひて、山つらなる。かげ沼と云所《いふところ》を行《ゆく》に、今日《けふ》は空曇《くもり》て物影うつらず。すか川の駅に等窮《とうきゆう》といふものを尋《たづね》て、四五日とゞめらる。先《まづ》「白河の関いかにこえつるや」と問《とふ》。「長途《ちやうど》のくるしみ、身心《しんじん》つかれ、且《かつ》は風景に魂《たましひ》うばゝれ、懐旧に腸《はらわた》を断《たち》て、はかぐしう思ひめぐらさず。

風流の初《はじめ》やおくの田植うた

無下《むげ》にこえんもさすがに」と語れば、脇・第三とつゞけて、一巻となしぬ。

須賀川
すかがわ

四月二十一日（新暦六月八日）は白河から四里の矢吹に泊まった。矢吹町の手前踏瀬《ふみせ》には、旧陸羽街道の松並木がわずかに残っているが、歌枕の影沼は鏡石町の字《あざ》名として残っているだけ。須賀川市街に入る手前には、国道四号線沿いに一里塚がある。左右とも揃って残っているのは奥州一円でもここだけというものだ。

そして二十二日に須賀川着。旧知の相楽等《さがらとう》躬《きゆう》を訪ねて二十九日まで滞在した。等躬から白河関の故実や付近の歌枕のことを聞いたり、歌仙を巻いたりしたのである。

この等躬の家は、市のメインロードに面したNTTの敷地となっていて、入口の脇に朽ちかけた標柱が立つのみ。敷地に沿って軒の栗庭園があり、曲がると可伸庵《かしんあん》跡がある。一隅に東屋を設け、小さな坪庭をつくってあってなかなか趣がある。東屋の軒近くにはちゃんと栗の木が茂っているが、これは四代目という。六月には芭蕉が「世の人の…」と詠んだクリの花が咲く。ほかにボタン、モミジも植えてあった。句碑は須賀川の俳人石井雨考

可伸庵跡は小公園になっている

可伸庵跡の句碑

須賀川市役所敷地にある芭蕉記念館

此宿《このしゆく》の傍に大きなる栗の木陰をたのみて、世をいとふ僧有《あり》。橡《とち》ひろふ太山《みやま》もかくやと閒《しづか》に覚《おぼえ》られて、ものに書付侍《かきつけはべ》る。其詞《そのことば》、

栗といふ文字《もんじ》は、西の木と書《かき》て、西方《さいはう》浄土《じやうど》に便《たより》ありと、行基菩薩《ぎやうぎぼさつ》の、一生、杖《つゑ》にも柱にも此《この》木を用給《もちひたま》ふとかや。

世の人の見付《みつけ》ぬ花や軒の栗

によって、文政八年（一八二五）に建立されている。

池上町の十念寺は瓦屋根の美しい寺。「風流の初やおくの田植うた」と刻んだ大きな句碑が参道の側にある。これは安政二年（一八五五）に、多代女という俳人が建てたもの。本堂の前には見事な枝垂れ桜とオンコの古木がある。桜の盛りは四月中旬。

もう一つのゆかりの寺は、等躬の墓のある長松院である。相楽等躬は須賀川宿の駅長を務めていた人。本堂側に「あの辺ハつく羽山《ばねやま》哉《か》炭けふり」の等躬句碑があり、裏手に回ると夫妻の墓がある。

市役所の前庭に平成元年、芭蕉記念館が完成した。木造数寄屋造の二階屋で、一階は関係資料の展示室や茶室、二階が二間の会議・研修室である。

芭蕉と曾良は、市内の芹沢の滝や神炊館《おたきや》神社、八幡神社（今はない）などを回り、郡山へ向かう途中に寄り道して石河《いしかわ》滝を見物した。道筋には全国的にも有名な須賀川牡丹園があるが、当時はまだできてない。

石河滝は須賀川の南東約六キロにあり、今は乙字ケ《おつじが》滝と呼ばれている。阿武隈川が

十念寺本堂。桜が満開の頃は吟行で賑うのでは…

阿武隈川に幅広く架かる乙字ケ滝。当時は石河滝と呼ばれた

「乙」の字の形の崖になっており、幅六〇メートル、高さ三メートルの滝が架かっている。ちょうどミニナイアガラといった趣でもある。川に架かる朱塗りの乙字大橋を渡り東岸に出ると、川沿いに滝見不動があり、境内には石碑や石仏が多い。滝の眺めはここからが絶好である。「長寿の水」と立札のある湧き水は、実に甘くうまい。この傍らに立つのが「五月雨の瀧降うつむ水かさ哉」の句碑である。

なお、市街の市立博物館駐車場にも「五月《さみだ》雨《れ》耳《に》飛泉《たき》婦梨《ふり》う津む水《み》可《か》佐《さ》哉《かな》」の万葉仮名風句碑があり、詳しい年代は不明だが、乙字ケ滝にある句碑より古いという。

DATA

交通●JR東北本線須賀川駅下車。市街中心までバス5分。見どころは歩いて回れる。乙字ケ滝へはバス20分。東北自動車道須賀川ICから約2km。

見学●芭蕉記念館／9時～17時、月曜休。☎0248（72）1212　●須賀川市立博物館／9時～17時、月曜・祝日翌日休。☎0248（75）3239　●須賀川牡丹園／8時30分～17時（牡丹開花時期のみ有料）。☎0248（73）2422

宿●市街地に旅館約10軒。ホテル虎屋、ホテルウィングなどがオススメ。

エリア情報●須賀川市役所商工観光課 ☎0248（75）1111

安積山

等窮《とうきゅう》が宅を出《いで》て、五里斗《ばかり》、檜皮《ひはだ》の宿《しゅく》を離れて、あさか山有《あり》。路《みち》より近し。此あたり沼多し。かつみ刈《かる》比《ころ》も、やゝ近うなれば、いづれの草を花がつみとは云《いふ》ぞと、人々に尋《たづね》侍《はべ》れども、更《さらに》知人《しるひと》なし。沼を尋《たづね》、人にとひ、「かつみ〳〵」と尋《たづね》ありきて、日は山の端《は》にかゝりぬ。二本《にほん》松《まつ》より右にきれて、黒塚《くろつか》の岩屋一見し、福島に宿る。

安積山
あさかやま

四月二十九日（新暦六月十日）、乙字《おつじ》ケ《が》滝からほぼ阿武隈川沿いに郡山へ。郡山は陸羽街道が整備され、陣屋が置かれた寛文三年（一六六三）頃から発展したといい、芭蕉が来た頃はようやく集落として整った時期である。宿屋も一〇軒ほどあったらしいが、曾良日記によれば「宿ムサカリシ」、つまり汚かったらしい。

安積山公園の奥の細道文学碑

翌五月一日、安積山を訪ねた。昔、葛城王《かつらぎのおおきみ》が陸奥に下った折、国司の宴に招かれたが不満をもち、不機嫌になった。その時、前《さき》の采女《うねめ》が左手に盃を持ち右手に水を持って王の前に進み、「浅香山影さへ見ゆる山の井の　浅き心をわが思はなくに」と詠んだので、王の機嫌が直ったという。

この安積山は原典には「檜皮《ひわだ》（日和田）の宿を離れて、あさか山有。路より近し。」とある、その故か日和田の先の旧街道沿いの小丘を安積山公園としている。その付近には松並木も残り情緒がある。街道側を芭蕉の丘といい、ここに原典の文学碑が立つ。公園の北側には采女の碑や山の井の跡もある。

しかし、安積山は、本来はここではなく、西一五キロの額取《ひたいとり》山（一〇〇九メートル）だという説もある。この山麓の片平《かたひら》にも采女神社と山の井がある。

「みちのくの安積の沼の花かつみ　かつみ

歌枕の安積山は、ここ安積山公園とする説と額取山とする説の両説がある

る人に恋ひやわたらん」と古歌に詠まれて、芭蕉を憧れさせたハナカツミ。一体、どんな植物なのだろうか。等躬の俳諧集『荵摺《しのぶずり》』には、「浅香山は日和田といふ宿を越えて、一里塚あなるみぎりにて侍《はべ》る。あさかの沼はあやしげなる田の溝などを今は申すめるにぞ。いにしへ藤中将の伝へられし花かつみの草のゆかりも、いづれのなにとしる人侍らはず」と芭蕉の問いに答えたと記されている。

ハナカツミ、古くはマコモ、ショウブなどの説があり、江戸時代にはヒメシャガ説もあった。明治天皇の東北巡幸の折には〝花かつみ〟としてヒメシャガが献上されたという記録がある。昭和四十九年、郡山の市制施行五〇年記念に市花を選んだ際、〝花かつみ〟をヒメシャガとして公表、平成元年安積山公園に植栽した。

DATA

交通●JR東北本線日和田駅下車、徒歩20分。郡山駅から旧道経由のバスも便利、約30分。車は郡山市街から約8km。
食●郡山は鰻とそばが名物。土産は薄皮饅頭など。
宿●駅周辺のビジネスホテルが便利。
エリア情報●郡山市観光協会
☎024（924）2621

観世寺境内に安達ケ原の鬼がこもっていたと伝える巨岩がある

杉の根方にある歌碑と黒塚

黒塚

くろづか

謡曲や歌舞伎で有名な安達ケ原《あだちがはら》の黒塚だが、芭蕉はほとんど様子を書いていない。しかし曾良によると相当に詳しい。二本松の城下から阿武隈川の供中《くちゆう》の渡しを船で渡ると、「その向ニ黒塚有。小キ塚ニ杉植テ有。又、近所ニ観音堂有。大岩石タ、ミ上ゲタル所、後ニ有。古ノ黒塚ハこれならん、右の杉植し所は鬼ヲウヅメシ所成らん、ト別当坊申ス」と。

今も曾良の記述どおり。岩屋があるのは観《かん》世《ぜ》寺《じ》の境内。参道の側に鬼婆供養石と、正岡子規の「涼しさや聞けば昔は鬼の家」の句碑がある。

円通閣背後の大岩はものすごく、ひときわ大きい笠岩の下が鬼女の住み家で、旅人を泊まらせては殺したという。能や舞踊で見ると幽玄で情趣をそそる舞台だが、実体は少々俗っぽい。

この説話のもとは平兼盛の和歌「みちのくの安達ケ原の黒塚に鬼こもれりといふはまことか」で、この歌碑は山門前の道をたどったところ、杉のそびえる黒塚の脇に立っている。なお、近くには奥州安達ケ原ふるさと村があり、レストランや土産物店がある。

DATA

交通●JR東北本線二本松駅下車、タクシー10分。国道4号線から「安達ケ原ふるさと村」の看板に従ってすぐ。

見学●観世寺（安達ケ原）宝物史料館／8時30分～17時。☎0243（22）0797　●奥州安達ケ原ふるさと村／9時～17時、4～11月は無休、12～3月は毎週木曜日休。☎0243（22）7474

エリア情報●二本松市役所観光課☎0243（23）1111

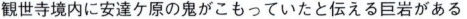

文知摺観音にある句碑「早苗とる…」

信夫の里

あくれば、しのぶもぢ摺《ずり》の石を尋《たづね》て、忍ぶのさとに行《ゆく》。遥山《はるか》陰の小里に、石〔の〕半《なかば》土に埋《うづもれ》てあり。里の童部《わらべ》の来《きた》りて教《をしへ》ける。「昔は此《この》山の上に侍《はべり》しを、往来《ゆきき》の人の麦草《むぎくさ》をあらして、此石を 試 侍《こころみはべる》を にくみて、此谷につき落せば、石の面《おもて》下ざまにふしたり」と云《いふ》。さもあるべき事にや。

早苗《さなへ》とる手もとや昔しのぶ摺《ずり》

信夫の里
しのぶのさと

黒塚から福岡、八町目、郷ノ目を経て福島に着いたのは五月一日（新暦六月十七日）。郡山の宿が汚かったのにくらべて、「宿キレイ也」と曾良はほめている。ここは堀田氏十万石の城下であった。

翌日訪ねたのが有名な歌枕信夫文知摺《もじずり》である。百人一首に河原左大臣（源融《とおる》）として「みちのくの信夫文知摺誰ゆゑに　乱れそめにし我ならなくに」がある。

文知摺観音堂は福島市の東郊、阿武隈川左岸の山裾にある。芭蕉一行は岡部の渡し（文知摺橋周辺）で対岸に渡った。入口の普門橋を渡り、芭蕉像と宝物館を見ながら境内に入ると、正面の小高いところに「早苗とる…」と芭蕉句碑、南に南朝の北畠顕家ゆかりの甲《こん》鋼《ごう》石、その奥に文知摺石がある。

陸奥国按察使《あぜち》源融がこの里に来て長者の女《むすめ》虎女となじんだ。しかし間もなく融は虎女をおいて帰京、再会を待つ虎女は、この石の表に融の面影を見たという。この石は思う人が映る鏡石としての性格があるが、この評判を聞き集まった見物人に近くの畑を荒らされた農民が怒って、石を突き落とした。これが「往来《ゆきき》の人の麦草をあらして此石を試侍」である。再び発掘され、現在の地に置いたのは明治になってからだとか。

平安時代には実際に、この石の表面に忍ぶ草などを摺りつけ布に写したもので、もじずりとは文知（文字）ではなく、「もじる」、

しのぶもじずりの故事を伝える文知摺石

文知摺観音多宝塔

小丘の上の文知摺観音堂は広葉樹に囲まれて。紅葉の名所でもある

「よじる」という意味で、糸をよじって織られた布を表す。公家《くげ》の狩衣《かりぎぬ》などに、そのひなびた味わいが愛用されたという。

観音堂の本尊は行基作と伝える聖観世音像。堂前には源融の「みちのくの…」歌碑、堀田正虎の文知摺石顕彰碑がある。文化九年（一八一二）建立の多宝塔が美しい。桜やモミジの美しい境内には、休憩所の水月庵や、正岡子規の「涼しさの音をかたれ忍ぶずり」句碑、虎女と融の墓などがある。しかし、バスが着くたびにスピーカーで解説が流れ、その大音声には少々興ざめする。

DATA

交通●JR東北本線・新幹線福島駅からバス20分。車は市街から約6km。

見学●文知摺観音堂／9時～17時。☎024（535）1471

阿武隈川の流れは今も変わらず

医王寺

月の輪のわたしを越《こえ》て、瀬《せ》の上《うへ》と云宿《いふしゆく》に出づ。佐藤庄司《しやうじ》が旧跡は、左の山際一里半斗《ばかり》に有《あり》。飯塚《いひづか》の里鯖野《さばの》と聞《きき》て尋《たづね》〳〵行《ゆく》に、丸山と云《いふ》に尋《たづね》あたる。是《これ》、庄司が旧館也。梺《ふもと》に大手の跡など、人の教ゆるにまかせて、泪《なみだ》を落《おと》し、又かたはらの古《ふる》寺《でら》に一家の石碑を残す。中にも、二人の嫁がしるし、先哀也《まづあはれなり》。女なれどもかひ〴〵しき名の世に聞《きこ》えつる物《もの》かなと、袂《たもと》をぬらしぬ。堕涙《だるい》の石碑も遠きにあらず。寺に入《いり》て茶を乞《こ》へば、爰《ここ》に義経の太刀《たち》、弁慶《べんけい》が笈《おひ》をとゞめて什物《じふもつ》とす。

笈も太刀も五月《さつき》にかざれ帋幟《かみのぼり》

五月朔日《ついたち》の事なり。

医王寺
いおうじ

文知摺《もじずり》観音から阿武隈川の月の輪の渡しを越えて飯塚（飯坂）へ。この月の輪の渡しは文知摺橋より上手の鎌田大橋あたりというが、曾良日記では「岡部渡ヨリ下也」とある。どうなのだろうか。瀬上《せのうえ》へ出るのだから鎌田のほうで正しいようだ。また原典では佐藤庄司の館から医王寺へ回っているが、曾良日記にあるように先に医王寺へ行くほうが足の便がよい。

医王寺の最寄り駅、福島交通医王寺前駅は、名は「前」だが歩くと約二〇分はかかる。しかも一帯は福島市の郊外住宅地となりつつあり、のどかな田園というわけにはいかない。

医王寺は弘法大師の創建、大師の作と伝える薬師如来が本尊である。平安末期、平泉の藤原秀衡に仕える信夫庄司の佐藤基治と、子の継信・忠信兄弟の菩提寺として知られる寺で、義経好きの芭蕉が見逃すはずはない。「笈も太刀も…」の句碑は寛政十二年（一八〇〇）の建立。鐘撞《かねつき》堂の奥に新しく完成した宝物館・瑠璃光殿には、弁慶の笈《おい》（県文化財）や継信・忠信兄弟の鎧などが展示されており、本堂には昭和三十七年作の「二人の嫁」の像がある。義経に従って平家と戦い、屋島で義経の身

「笈も太刀も…」句碑

医王寺薬師堂。すぐ脇に佐藤基治夫妻、継信・忠信兄弟の墓がある

代わりとなって戦死した継信。義経が兄頼朝に疎まれて平泉に落ちる際、京都でやはり身代わりとなって自害した忠信。この二人の子を失った母の嘆きを慰めるために、兄弟の嫁が夫の甲冑を着けて凱旋のさまを見せたという話である。

実際に芭蕉が見た「二人の嫁のしるし」は、このあとの白石市斎川でのことだったらしいが、佐藤氏の菩提寺、しかも杉並木の参道の奥には一族の墓所もあるから、芭蕉の感動はもっともといえよう。

墓所は杉並木の参道を入った正面の薬師堂の周囲にあり、基治夫妻と兄弟の墓が並んでいる。昔はどんな形だったのか、今は軟らかい巨石を数個積み重ねた、おもしろい形である。このあたりから北に見えるのが、佐藤基治の居城、大鳥城跡だ。

DATA

交通●福島交通医王寺前駅下車、徒歩20分。飯坂温泉からタクシーで約5分。福島市街から約8km。
見学●医王寺／9時～17時。
☎024（542）3797

飯坂

其夜《そのよ》飯塚にとまる。温泉《いでゆ》あれば湯に入《いり》て宿をかるに、土坐《どざ》に莚《むしろ》を敷《しき》て、あやしき貧家也。灯《ともしび》もなければ、ゐろりの火《ほ》かげに寝所《ねどころ》をまうけて臥《ふ》す。夜に入《いり》て、雷鳴《かみなり》、雨しきりに降《ふり》て、臥《ふせ》る上よりもり、蚤《のみ》・蚊《か》にせゝられて、眠らず。持病さへおこりて、消入斗《きえいるばかり》になん。短夜《みじかよ》の空もやうやう明《あく》れば、又旅立《だち》ぬ。猶《なほ》、夜《よる》の余波《なごり》、心すゝまず。馬かりて桑《こ》折《をり》の駅に出《いづ》る。遥《はるか》なる行末をかゝえて、斯《かか》る病《やまひ》覚束《おぼつか》なしといへど、羇旅《きりよ》辺土《へんど》の行脚《あんぎや》、捨身《しやしん》無常《むじやう》の観念、道路にしなん是《これ》天の命《めい》なりと、気力聊《いささか》とり直し、路縦横《みちじゆうわう》に踏《ふん》で伊達《だて》の大木戸《おほきど》をこす。

飯坂
いいざか

芭蕉によれば、飯塚温泉とも称した飯坂温泉に泊まったのは、「五月朔日の事なり」。曾良日記では二日のこととし「夕方より雨降、夜二入、強。飯坂二宿、湯二入」。

飯坂温泉は東北有数の大温泉である。摺上《すりかみ》川とその支流赤川の両岸に旅館や商店が並び、温泉情緒も豊かである。中心は福島交通の終点駅がある十綱《とつな》橋。橋のたもとに立つ芭蕉像は、東北でも古いもので貫禄がある。

昔は、ここに藤づるを編んだ吊り橋が架かっており、つるを手で繰《く》って渡ったという。その橋を切り落としたのは、鎌倉の頼朝軍を迎え討った佐藤基治。以後は両岸に綱を張り、小舟を手繰る「十綱の渡し」に頼った。橋が架かったのは明治以後である。

十綱橋から少し上手へ行くと、新十綱橋の先、川に降りる細道から七三段のすりへった石段を河畔に下りると、芭蕉ゆかりの地の碑があり、「其夜飯塚にとまる…」の一節が刻まれている。ここはもと「滝の湯」という共同浴場があった地。芭蕉も曾良も具体的には書いていないが、この滝の湯に入り、近くの

飯坂温泉と鯖湖湯発祥の記念碑

摺上川の河岸、「芭蕉ゆかりの地」碑

飯坂温泉の共同浴場鯖湖場

民家にでも泊まったのだろう。滝の湯は昭和十二年に焼失、再建されていない。文学碑の向かいに「熱の湯跡」「冷の湯跡」の石碑もあった。

　飯坂の発祥といわれる共同浴場鯖湖《さばこ》湯は、平成五年に旅館街の奥に新築されている。明治時代の建物を再現し、ヒバ、ケヤキなどの材を使い、浴室は御影石造りというもの。隣にあった透達《とうた》湯も併合しており、敷地内には鯖湖神社、飯坂温泉発祥地の碑、鯖湖湯建築記念碑、休憩所などがある。温泉は単純温泉、源泉五六・五度といい大分熱い。このあ

桑折町の古刹法圓寺にある句碑

法圓寺の像は温顔でかわいらしい

たり、小さい湯治宿や蔵造りのなかむらや旅館などが並んでムードがある。

温泉街の西に見える小丘が、芭蕉が訪ねた庄司が旧跡である。今は館《たて》ノ山公園として整備され、山頂まで車で行けるが、歩いて登っても約三〇分。ここは信夫の庄司（湯の庄司とも）佐藤基治の館跡、大鳥城跡といわれるが、実際はもっと後の時代らしく、昭和四十九年の調査では、室町時代の遺構が発見されている。大手門跡のあたりから山道を入ると、三の取出《とりで》跡、二、一の取出跡があり、城戸跡もある。二の取出跡は植え込みがあって苑地に整備され眺めがよい。

山頂広場には吉川英治撰文の大鳥城跡の碑や、大鳥神社がある。斜面にはツツジやアジサイが植えてあって、花どきの美しさがしのばれる。飯坂温泉街や、遙かな霊山《りょうぜん》、吾妻山などの見晴らしも絶佳。

飯坂で持病を起こした芭蕉は馬で桑折《こおり》へ出る。今、宿場町の面影はまったくないが、古刹法圓寺には芭蕉の田植塚や像がある。芭蕉はここで気力を取り戻し「路縦横に踏で伊達《だて》の大木戸をこす」。

伊達の大木戸は国見町の北、国見峠にあったといい、源頼朝が奥州藤原氏を攻めた折の激戦場。佐藤基治はここで討死している。国道四号線を緩く上って行くと、長坂茶屋跡の標柱がある。ここから少し上った桃畑の先に小平地があり、奥の細道の文学碑や戸賀崎知道軒の徳碑が立っている。

DATA

交通●飯坂へは福島駅から福島交通で25分、バスもある。東北自動車道福島飯坂ICから国道13号線経由で約3km。法圓寺へはJR東北本線桑折駅下車、徒歩10分。大木戸へはJR東北本線藤田駅下車、タクシーで15分。

宿●飯坂温泉の旅館は約50軒。

温泉●鯖湖湯／6時～22時、月曜休。☎024（542）2121（パルセいいざか）　他に十綱湯、仙気の湯、切湯など共同浴場が7カ所ある。入浴には専用チケットが必要。

エリア情報●飯坂温泉観光協会
☎024（542）4241

笠島・岩沼

鐙摺《あぶみずり》・白石《しろいし》の城《じやう》を過《すぎ》、笠嶋《かさしま》の郡《こほり》に入《い》れば、藤中将実方《とうのちゆうじやうさねかた》の塚はいづくのほどならんと、人にとへば、「是《これ》より遙《はるか》、右に見ゆる山際の里を、みのわ・笠嶋と云《いひ》、道祖神《だうそじん》の社《やしろ》、かた見《み》の薄《すすき》、今にあり」と教ゆ。此比《このころ》の五月雨《さみだれ》に道いとあしく、身つかれ侍《はべ》れば、よそながら眺《ながめ》やりて過《すぐ》るに、蓑輪《みのわ》・笠嶋も五月雨の折にふれたりと、

笠嶋はいづこさ月のぬかり道

岩沼に宿る。

武隈《たけくま》の松にこそ、め覚《ざむ》る心地はすれ。根は土際より二木《ふたき》にわかれて、昔の姿うしなはずとしらる。先《まづ》、能因《のういん》法師思ひ出《いづ》。往昔《そのかみ》、むつのかみにて下りし人、此木《このき》を伐《きり》て名取川《なとりがは》の橋杭《はしぐひ》にせられたる事などあればにや、

白石
しろいし

芭蕉一行は、いよいよ奥州の雄伊達家の領域に入った。五月三日（新暦六月十九日）には大木戸を越え越河《こすごう》、斎川《さいかわ》を過ぎ白石に泊まった。

白石市斎川はかつてドイツ人建築家ブルーノ・タウトがほめたたえた宿場町で、南のはずれに馬牛沼《ばぎゅうぬま》という旧跡があり、この北にある崖が曾良のいう「アフミコワシ」（鐙毀）である。あまりの急坂に、鎌倉へ向かう義経の一行が馬のアブミを壊したと伝える難所だ。今、坂道の途中には石塔や祠があって、辛うじて往時をしのばせる。

その急坂を下りると旧街道。すぐに田村神社が見え、境内の甲冑堂には、医王寺で紹介した「二人の嫁」の女武者像がある。曾良は「次信・忠信が妻の御影堂有」と書いており、芭蕉が見た「二人の嫁がしるし」は、実はここだったと思われる。

田村神社にある「二人の嫁」の像

田村神社内甲冑堂

ひっそりと杉林の中に藤原実方の墓がある

「松は此たび跡もなし」とは詠《よみ》たり。代々《よよ》、あるは伐《きり》、あるひは植継《うゑつぎ》などせしと聞《きく》に、今将《いまはた》、千歳《ちとせ》のかたちと、のほひて、めでたき松のけしきになん侍《はべり》し。
「武隈の松みせ申せ遅桜《おそざくら》」と、挙白《きよはく》と云《いふ》もの、餞別《せんべつ》したりければ、
桜より松は二木《ふたき》を三月越シ

生々しい彩色の像で、二人の名が医王寺では若桜と楓というのに対し、ここでは楓と初音となっている。堂の脇にある句碑は天野桃隣の「戦《いくさ》めく二人の嫁や花あやめ」。

実方の墓へ向かう途中にある芭蕉句碑

DATA

交通●JR東北本線白石駅下車、バスで甲冑堂まで20分。白石市街から国道4号線の旧道を約5km。
見学●田村神社甲冑堂／宮城県白石市斎川字坊ノ入54
食・特産●名物白石うーめんをぜひ味わいたい。土産には弥治郎こけし、白石和紙を。
宿●市街に旅館があるが、郊外の小原、鎌先温泉の8軒ほどの宿に泊まるのがよい。
エリア情報●白石市商工観光課☎0224（22）1321

笠島
かさしま

「笠嶋の郡に入れば、藤中将実方の塚はいづくのほどならん」と芭蕉は里人に尋ねた。答えは「右の山裾」であったが実はこれは左で、曾良もちゃんと「左ノ方一里斗《ばかり》」と書いている。

一行が笠島を通ったのは五月四日（新暦六月二十日）。笠島の地名に何の感慨もない現代人と違って、歌枕執心の芭蕉には、実方から西行へと続く詩心の系譜があった。雨と疲労のため結局は行かなかったのだが、「笠嶋はいづこ…」とちゃんと句は詠んでいる。

この藤中将実方の故事というのは、実方が宮中で藤原行成と口論して勅勘をうけ、「陸奥の歌枕見てまいれ」と陸奥守に左遷された。そして在勤中に、ここ笠島の道祖神社の前を馬上で乗り打ちして神の怒りにふれ、落馬して死んだというものである。

南から行くと館腰《たてこし》神社のそば、一の橋のたもとにある句碑が最初である。これは三角柱の珍しいもので表には道祖神路とあって道標を兼ねており、南面に、「笠嶋はいづこさ月のぬかり道」と刻んである。少し北の山寄り

日本三大稲荷の一つとして信仰を集める竹駒神社

が道祖神社だが、本来は式内の佐具叡《さぐえ》神社。社殿は江戸初期、仙台藩主の造営。

さらに北一キロ、愛島《めでしま》塩手《しおで》字北野の杉林の中に実方の墓と、自然石に彫られた芭蕉句碑がある。まずは大きな桜の下の一群のススキ、西行が「朽ちもせぬその名ばかりを留置きて　枯野の薄形見にぞ見る」と詠んだことで形見のすすきと呼ばれる。このススキ、葉が細くせん毛が少ないという。

ここから五〇メートルほどの短い参道を行くと、玉垣をめぐらせた塚と実方の墓がある。側には西行の歌碑と実方の「桜狩り雨はふりきぬおなじくは　ぬるとも花の陰にかくれむ」の歌碑がある。昼も小暗い山陰の墓所、藤原一族の貴公子として都で華やかな生活を送り、陸奥の配所で四年、四十歳前後で没した藤原実方の哀歓を今に伝えている。

DATA

交通●JR東北本線名取駅下車。タクシーで見どころを回り約1時間30分。
見学●道祖神社／☎022（382）3887
エリア情報●名取市観光協会☎022（384）2111

岩沼
いわぬま

本文では笠島が先に記述されているが、曽良日記では五月四日、岩沼から笠島を回り、夕方仙台に入っている。今の足の便でも岩沼から先に回るほうがよい。

岩沼は、陸羽街道と陸前浜街道の合流点で仙台領内での重要な宿駅であった。旧街道には、本陣や脇本陣の機能を持つ中町検断屋敷などが昔をしのばせている。

この大通りを南へ進むと、日本三大稲荷の一つ竹駒神社がある。大鳥居、石の鳥居をくぐって参道をいくと句碑が二基。一つは芭蕉の「さくらより松は二木を三月越シ」、もう一基は芭蕉翁六世と称《とな》える東龍斎謙阿の「朧《おぼろ》より松は一夜の月にこそ」。寛政五年（一七九三）、芭蕉百回忌の建立という。

この竹駒神社は九世紀に平安の歌人、小野篁《たかむら》が東北の鎮守として祀ったもの。社殿は伊達吉村の造営といい、向唐門など立派である。参集殿を回ってゆくと広い道に出る。

そこから見える高い松が、歌枕であり句にも詠まれた武隈《たけくま》の松（二木の松）である。松はすでに何代かの植え継ぎだが、幹は根元か

武隈の松。周囲は公園として整備されている

ら二木に分かれて、高くそびえている。
　奥の細道三〇〇年を記念して、二木の松史跡公園として整備されており、東屋《あずまや》なども造られている。句碑のほか、平安の歌人、橘季通の「武隈の松は二木を都人　いかがと問はばみきと答へむ」、平安の歌人、藤原元良の「植ゑしときちぎりやしけむ武隈の　松をふたゝびあひ見つるかな」を併せて刻んだ歌碑がある。大通りを北へ行けば、岩沼駅へ戻れる。

DATA

交通●JR東北本線、常磐線岩沼駅下車、徒歩15分。仙台から国道4号線で21km。
見学●竹駒神社／☎0223（22）2101
宿●ビジネスホテル、旅館が数軒。仙台泊が便利。
エリア情報●岩沼市役所商工振興課
☎0223（22）1111

奥の細道原典

仙台

名取川《なとりがは》を渡《わたつ》て仙台に入《いる》。あやめふく日也《なり》。旅宿をもとめて四五日逗《とう》留《りう》す。爰《ここ》に画工《ぐわこう》加《か》右衛門《ゑもん》と云《いふ》ものあり。聊《いささか》心ある者と聞《きき》て、知る人になる。この者、年比《としごろ》さだかならぬ名どころを考《かんがへ》置侍《おきはべ》ればとて、一日《ひとひ》案内す。宮城野《みやぎの》の萩《はぎ》茂りあひて、秋の気色《けしき》思ひやらるゝ。玉田《たまだ》・よこ野、つゝじが岡はあせび咲《さく》ころ也《なり》。日影ももらぬ松の林に入《いり》て、爰《ここ》を木《き》の下《した》と云《いふ》とぞ。昔もかく露ふかければこそ、「みさぶらひみかさ」とはよみたれ。薬師堂・天神の御社《みやしろ》など拝《をがみ》て、其日はくれぬ。猶《なほ》、松島・塩《しほ》がまの所々《ところどころ》画に書《かき》て送る。且《かつ》、紺《こん》の染緒《そめを》つけたる草鞋《わらぢ》二足餞《はなむけ》す。され

旅のガイド 3

仙台から登米へ

仙台 せんだい

伊達六十二万石の城下町仙台へ芭蕉が入ったのは五月四日（新暦六月二十日）、「あやめふく日也」であった。芭蕉が泊まったのは国《こく》分《ぶん》町二丁目の大崎庄左衛門方で、今は仙台市の中心繁華街。そしていろいろと芭蕉たちの世話をした画工加右衛門（俳号加之《かし》）の家は、そのすぐ南にあったらしい。

芭蕉は七日まで仙台に滞在して市内を見物している。当時の仙台藩では、玉田、横野、宮城野《みやぎの》、郊外の十苻《とふ》の菅など歌枕の地を領内に比定する作業が行われていた。その中心となっていたのが俳人大淀三千風らで、加右衛門も参画していたことが原典からも分かる。

歌枕のトップは、何といっても宮城野だろう。昔は仙台周辺の山野を広く指したらしいが、今では東郊の運動公園あたりを指し、名は宮城野区という区名に残るのみ。宮城野の面影を探るならば、南郊大年寺山の仙台市野

青葉城に立つ伊達政宗銅像

ばこそ風流のしれもの、爰《ここ》に至りて
其実《そのじつ》を顕《あらは》す。
あやめ草足に結《むすば》ん草鞋《わらぢ》の緒《を》

簡素だが荘重なたたずまいの仙台の東照宮

草園へ行くのがよい。初秋のミヤギノハギが乱れ咲く頃なら、いうことなし。歌枕の玉田、横野は原町付近をいうとか。

芭蕉が訪れた順に回ると、まず亀岡八幡。ここは伊達家の氏神を祀っている。三六五段の石段をおおう桜は美しいが、建物に見るべきものはない。ついで青葉城址へ。広瀬川の崖に臨む要害の地で、本丸跡に立つと眺望がよい。中央には政宗の騎馬像があって独眼で四方をにらんでいる。その前の青葉城資料展示館に映像シアターがあり、昔の青葉城を立体映像で見られる。また三の丸跡の仙台市博物館も伊達家ゆかりの文化財を数多く展示している。

仙台市街東部にある榴岡天満宮

芭蕉たちが翌日訪れたのが権現宮、今の東照宮である。町の北の端に立つこの宮は、幕府への忠誠の証《あかし》として二代忠宗が造営したもの。唐門、本殿は重要文化財である。榴《つつじが》岡《おか》天満宮には合格祈願の絵馬が多いが、歌碑、句碑の類も多い。天満宮内に蓮二（支考）の句と芭蕉句碑がある。寛保三年（一七四三）建立で北陸路での「あか〳〵と日はつれなくも秋の風」が刻まれている。拝殿の脇には原典の「あせび咲くころ也」にちなんで、アセビが少しばかり植えてあった。

さらに、陸奥国分寺跡にある木ノ下《きのした》の薬師堂へも回った。堂は政宗が再建した建物で重

陸奥国分寺金堂跡にたつ木ノ下の薬師堂

准胝観音堂境内の句碑

要文化財である。道を隔てた準胝《じゅんてい》観音堂脇に、「あやめ草…」の句碑がある。ほかに芭蕉関係の碑としては、西公園の桜岡神社裏側に「風流の…」の句碑、妙心院の蓑塚《みのづか》が加右衛門に贈った蓑と草鞋《わらじ》を埋めた記念碑、滝沢神社にも句碑がある。

時間があれば寄りたいのが、政宗廟である瑞鳳殿《ずいほうでん》。東北の日光とも呼ばれる華麗な建築である。再建工事の前の調査で発見された政宗の遺体は、身長一六〇センチ、血液型はB型だったという。二代忠宗廟の感仙《かんせん》殿、三代綱宗の善応《ぜんおう》殿も併せて拝観を。西郊の大崎八幡神社社殿は国宝建造物。仙台開府の際に守護神としたもので、政宗の造営。

五月八日（新暦六月二十四日）、芭蕉らは加右衛門から贈られた絵図を頼りに、松島方面へ出発した。その途中、このみちのく紀行の書名となった奥の細道と、歌枕の十苻の菅を見ている。

奥の細道は中世には使われていた地名で、仙台、岩切あたりを指していたが、この頃はもうはっきりしなくなっていた。曾良日記の歌枕覚書に「今市ヲ北へ出ヌケ、大土橋有。北ノツメヨリ六七丁西ヘ行所ノ谷間、百姓やしきノ内也。岩切新田ト云。カコヒ垣シテ有。今モ国守へ十苻ノコモアミテ貢ス。道、田ノ畦也。奥ノ細道ト云」とある。

仙台の北郊、七北田《ななきた》川に架かる今市橋を渡ると、正面が古刹東光寺。そこから西への道が奥の細道らしいが、今は泉区へ通ずる立派な道路だ。ただし東光寺の裏、岩切城のあった高森山は、「山際」の原典どおり。五〇〇メートルほど先で山側の谷へ入ってみたが、新興住宅地となっていて、菅はおろか田さえ見られなかった。

DATA

交通●JR東北本線・新幹線仙台駅下車。東北自動車道で東京から340km。市内観光はバスかタクシーで。

見学●仙台市野草園／9時～16時45分（12月～3月休園）。☎022（222）2324　●青葉城資料展示館／9時～17時（11～3月は～16時）。☎022（227）7077　●仙台市博物館／9時～16時45分、月曜・祝日の翌日休。☎022（225）3074　●瑞鳳殿／9時～16時30分（12月・1月は～16時）。☎022（262）6250

食●笹かまぼこ、菓子の九重、白松が最中、駄菓子などがいい。名物料理はカキ、牛タン。

宿●市街にホテル、旅館が100軒以上ある。

エリア情報●仙台市観光コンベンション協会
☎022（268）6251

多賀城

かの画図《ゑづ》にまかせてたどり行《ゆけ》ば、おくの細道の山際《やまぎは》に十苻《とふ》の菅有《すげあり》。今も年々十苻の菅菰《すがごも》を調《ととのへ》て国守に献《けん》ずと云《いへ》り。

壺碑《つぼのいしぶみ》　市川村多賀城《たがのじやう》に有《あり》。

つぼの石ぶみは、高サ六尺余《あまり》、横三尺斗《ばかりか》歟、苔《こけ》を穿《うがち》て文字《もんじ》幽《かすかなり》也。四維国界之《しゐこくかいの》数里をしるす。「此城《このじやう》、神亀《じんき》元年、按察使鎮守府《あぜちちんじゆふ》将軍大野《おほのの》朝臣《あそん》東人《あずまひと》之所置也。天平宝字《てんぴやうほうじ》六年、参議、東海東山節度使《とうかいとうさんのせつどし》同《おなじく》将軍恵美朝臣朝獦《ゑみのあそんあさかり》修造《をさめつくる》也。十二月朔日《ついたち》」と有《あり》。聖武《しやうむ》皇帝の御時に当《あた》れり。むかしよりよみ置《おけ》る歌枕、おほく語伝《かたりつた》ふといへども、山崩《くづれ》、川流《ながれ》て、道あらたまり、石は埋《うづもれ》て土にかくれ、木は老《おい》て若木《わかき》にかはれば、時移り代《よ》変じて、其《その》跡たしかなら

多賀城
たがじょう

五月八日（新暦六月二十四日）小雨の中を仙台出発。芭蕉の関心は壺《つぼ》の碑《いしぶみ》として歌枕になっている多賀城碑にあった。多賀城は奈良時代初期に蝦夷《えぞ》鎮圧のために置かれた陸奥《むつ》鎮守府《ちんじゅふ》で国府も兼ね、大和朝廷の東北経営の基地だったところ。廃された時期は不明だが、鎮守府は平安時代に胆沢《いざわ》城に前進、国府だけが室町時代まで続いた。

歴史の街だから史跡も歌枕も多い。北の塩釜街道沿い、陸奥総社宮から回ろう。陸奥国の式内社一〇〇社を合祀したもので、社殿は十八世紀の造営。多賀城神社の南が多賀城政庁跡で約一〇〇メートル四方、厚い土塀に囲まれた斜面の中央部に、長方形の基壇と礎石がある。この石をベース代わりに野球をしていた少年たちがいて、まさに「月日は百代の過客」と思わせられた。南門跡や石敷など整備は行き届いているが、江戸時代にはまったくの原野だったろう。

多賀城碑は高さ二メートル、幅一メートルほどの石碑で城域の南門跡近くに西を向いて立つ。格子窓の覆堂《さやどう》内は暗く碑文は読みにく

陸奥の鎮守府として東北を統治した多賀城の陸奥総社宮

多賀城政庁跡の厚い土塀。礎石も残っている

らぬ事のみを、爰《ここ》に至りて疑《うたがひ》なき千歳《ちとせ》の記念《かたみ》、今眼前に古人の心を閲《けみ》す。行脚《あんぎゃ》の一徳、存命《ぞんめい》の悦《よろこ》び、羇《き》旅《りょ》の労《つかれ》をわすれて、泪《なみだ》も落《おつ》るばかり也。

い。芭蕉来遊当時は露天だった。碑は江戸初期に地中から発掘されたと伝えるが、偽物説もある。覆堂の近くに芭蕉の「あやめ草…」の句碑があり、石の下部には原典の一部が刻されている。

少し南に行くと東北歴史博物館があり、城跡からの出土品などを展示している。市街中心部にある市立文化センターにも埋蔵文化財調査センターがあり、関連資料の展示がある。文化センター北側には多賀城史遊館もできた。多賀城廃寺跡も史跡公園として整備され、金堂や塔の跡が往時をしのばせる。

次は歌枕めぐり。末の松山、沖の石、ともに百人一首に詠まれた歌枕である。末の松山は末松山《まつしょうざん》宝国寺の裏山、墓地の一隅に樹齢四七〇年以上という松が二本、連理となってそびえている。根元に「契《ちぎ》りきなかたみに袖をしぼりつつ　末の松山波こさじとは」、平安の歌人清原元輔の歌碑がある。宝国寺前の民家の間の坂道を下ったところが沖の石。小さな池の中に岩が重なっているだけのもの。こちらは女流歌人、二条院讃岐《さぬき》が詠んだ「わが袖は汐干《しおひ》に見えぬ沖の石の人こそ知らね乾くまもなし」。

壺の碑と呼ばれる多賀城碑

壺の碑と呼ばれる多賀城碑は覆堂の中

末の松山

それより野田の玉川、沖の石を尋《たづ》ぬ。末《すゑ》の松山《まつやま》は寺を造《つくり》て、末松山《まつしようざん》といふ。松のあひ〳〵皆墓はらにて、はねをかはし枝をつらぬる契《ちぎり》の末も終《つひに》はかくのごときと、悲しさも増《まさ》りて、塩がまの浦に入相《いりあひ》のかねを聞《きく》。五月雨《さみだれ》の空聊《いささか》はれて、夕月夜《ゆふづくよ》幽《かすか》に、籬《まがき》が島もほど近し。蜑《あま》の小《を》舟《ぶね》こぎつれて、肴《さかな》わかつ声〴〵に、「つなでかなしも」とよみけん心もしられて、いとゞ哀《あはれ》也。其夜《そのよ》目盲《めくら》法師の琵琶《びは》をならして奥浄《おくじやう》るりと云《いふ》ものをかたる。平家にもあらず、舞にもあらず、ひなびたる調子うち上《あげ》て、枕《まくら》ちかうかしましけれど、さすがに辺土の遺風忘れざるものから、殊勝《しゆしよう》に覚《おぼえ》らる。

六玉川《むたまがわ》の一つ野田の玉川は、多賀城と塩竈《しおがま》市の境を流れていた。改修整備が行われ、市民の親水公園となった。南には、やはり歌枕のおもわくの橋がある。当時は土橋だったが、今は立派になっている。

民家の間にある沖の石は百人一首にも詠まれている

DATA

交通●JR仙石線多賀城駅下車。タクシーで1周すると約2時間。JR東北本線国府多賀城駅から徒歩10分。**見学●**東北歴史博物館／9時30分〜17時、月曜休。☎022（368）0106 ●埋蔵文化財調査センター／9時〜16時30分、月曜・祝祭日翌日休。☎022（368）0134（文化センター内）**エリア情報●**多賀城市観光協会 ☎022（368）1141

塩竈

早朝塩がまの明神《みやうじん》に詣《まうづ》。国守再興せられて、宮柱《みやばしら》ふとしく、彩椽《さいてん》きらびやかに、石の階《きざはし》九仞《きうじん》に重《かさな》り、朝日あけの玉がきをかゝやかす。かゝる道の果塵土《はてぢんど》の境《さかひ》まで、神霊あらたにましますこそ、吾国《わがくに》の風俗なれと、いと貴《たふと》けれ。神前に古き宝灯有《あり》。かねの戸びらの面《おもて》に、「文治《ぶんぢ》三年和泉三郎《いづみのさぶらう》寄進」と有《あり》。五百年来の俤《おもかげ》、今目の前にうかびて、そゞろに珍《めづら》し。渠《かれ》は勇義忠孝の士也《なり》。佳命《かめい》今に至りてしたはずといふ事なし。誠《まことに》「人能《よく》道を勤《つとめ》、義を守《まもる》べし。名もまた是《これ》にしたがふ」と云《いへ》り。

塩竈
しおがま

壺の碑に感激、歌枕もめぐって満足した芭蕉は、そのまま塩竈まで行き、法蓮寺門前の宿に泊まった。法蓮寺は明治元年に廃寺となったが、鹽竈《しおがま》神社の裏参道あたりにあったという。

そして翌九日（新暦六月二十五日）の朝、鹽竈明神に参詣している。神社は陸奥一宮で、航海安全に効験ありと信仰された。表参道は二〇二段の急な直線石段、原典の「石の階九仞に重り」がオーバーでない。随神門、唐門、本宮などは伊達綱村の造営で、元禄文化を反映して華麗である。

塩を焼く釜を祀る御釜神社

芭蕉がこの旅の目的の一つに松島の月と並んで挙げているのが塩竈桜。葉と同時に、花びらにしわのある八重の花が咲く天然記念物。盛りは五月初旬。もう一つ、芭蕉が感心した「古き宝灯」は本宮の脇、文治三年七月十日和泉三郎忠衡敬白の刻字がある。忠衡は藤原秀衡の三男、兄泰衡に抗して義経への義を貫き討たれた。

境内東の志波彦《しわひこ》神社に出ると、鳥居の前に奥の細道の文学碑がある。裏参道の両側には茶店が並び、名物のずんだ餅などを食べさせる。下りきって新町川を渡ったところが御釜《おかま》神社で、曾良日記に「塩釜ノかまを見ル」とあるところ。釜は四口あり、塩土翁神《しおつちおじ》が塩を煮るのに使ったという。七月四日から六日には奈良時代のままにこの釜で、塩をつくる行事が行われる。

正午前に一行は松島に渡るのだが、その場

階段を登りきったところにある鹽竈神社の桜門

所として伝えられるのは、丹六園という銘菓志ほがまの老舗の前で、周囲はポケットパーク。このあたり蔵造りや木造の老舗が多く、街歩きにも絶好だ。

　松島への遊覧船乗り場へは歩いて一〇分ほど。海岸は千賀《ちが》の浦ともいい、これも歌枕。龍頭鷁首《りゅうとうげきす》の遊覧船は華やか、約一時間で松島に着くが、港を出るとすぐに歌枕の籬《まがき》島が見えてくる。

鹽竈神社の古き宝灯と芭蕉が感心した文治の燈籠

DATA

交通●JR仙石線本塩釜駅下車、神社まで徒歩15分。仙台から国道45号線で約17km。

見学●鹽竈神社博物館／4～9月は8時30分～17時(2・3・10・11月は～16時30分、1・12月は～16時)。☎022(367)1611(社務所)

エリア情報●塩竈市商工観光課
☎022（364）1124

松島

日既午《すでにうま》にちかし。船をかりて松《まつ》嶋《しま》にわたる。其間《そのかん》二里余、雄嶋《をじま》の磯《いそ》につく。

抑《そもそも》ことふりにたれど、松嶋は扶《ふ》桑《さう》第一の好風にして、凡《およそ》、洞庭《とうてい》・西湖《せいこ》を恥《はぢ》ず。東南より海を入《いれ》て、江《え》の中《うち》三里、浙江《せつかう》の潮《うしほ》をたゝふ。嶋〳〵の数を尽《つく》して、欹《そばだつ》ものは天を指《ゆびさし》、ふすものは波に匍匐《はらばふ》。あるは二重《ふたへ》にかさなり、三重《みへ》に畳みて、左にわかれ右につらなる。負《おへ》るあり抱《いだけ》るあり、児孫《じそん》愛すがごとし。松の緑こまやかに、枝葉《しえふ》汐風《しほかぜ》に吹《ふき》たはめて、屈曲をのづからためたるがごとし。其気色《そのけしき》窅然《えうぜん》として美人の顔《かんばせ》を粧《よそほ》ふ。ちはや振《ぶる》神のむかし、大山ずみのなせるわざにや。造化《ざうくわ》の天工、いづれの人か筆をふるひ、詞《ことば》を尽《つく》さむ。

松島

まつしま

「松嶋の月先心にかゝりて」と江戸を出発した芭蕉の最大の目的地が、松島である。塩竈から船で待望の松島海岸に上陸したのは、五月九日（新暦六月二十五日）のこと。曾良日記によれば、まず瑞巌寺《ずいがんじ》に参り、雄島、五大堂を見て松島に泊まっているが、原典では瑞巌寺を後にまわしている。

芭蕉と曾良は、小船を借りて昼頃に雄島の磯に着いた。雄島は松島と併称されることが多く、後拾遺《ごしゅうい》和歌集にも「松島や雄島の磯にあさりせる…」の和歌が載っている。船着き場は今の桟橋とほぼ同じ場所にあったとのことである。

船を上がると正面に瑞巌寺、右手に五大堂、左手に観瀾亭《かんらんてい》が見渡せ、その間には旅館や食堂、土産物屋が軒を並べて客を呼ぶ声がかしましい。さすが日本三景である。

瑞巌寺は伊達政宗が四年がかりで造営した大寺。初めは海関《かいひん》、のち雲居《うんご》禅師が招かれて住職となった。曾良日記に「瑞岩寺詣、不残《のこらず》見物」とあるから、よほど詳細に見物したのだろう。老杉の茂る参道を行くと石窟が連な

雄島にかかる渡月橋。磨崖仏や石のトンネルなど見所も多い

雄島が磯《いそ》は地つゞきて海に出《いで》たる島也《なり》。雲居禅師《うんごぜんじ》の別室の跡、坐禅石《ざぜんせき》など有《あり》。将《はた》、松の木陰に世をいとふ人も稀《まれ》〳〵見え侍《はべ》りて、落穂《おちぼ》・松笠など打《うち》けぶりたる草の菴《いほり》、閑《しづか》に住《すみ》なし、いかなる人とはしられずながら、先《まづ》なつかしく立寄《たちよる》ほどに、月海にうつりて、昼のながめ又あらたむ。江上《かうしやう》に帰りて宿を求《もとむ》れば、窓をひらき二階を作《つくり》て、風雲の中に旅寝するこそ、あやしきまで、妙《たへ》なる心地はせらるれ。

松島や鶴に身をかれほとゝぎす　曾良

予は口をとぢて眠らんとしていねられず。旧庵《きうあん》をわかる、時、素堂《そだう》松島の詩あり、原安適《はらあんてき》松がうらしまの和歌を贈らる。袋を解《とき》て、こよひの友とす。且《かつ》、杉風《さんぷう》・濁子《ちよくし》が発句あり。

る。北条時頼が宿ったという法身窟《ほっしんくつ》は、受付を通って進むと鐘楼のそばにある。中門をくぐると正面本堂の前に、政宗手植えと伝える紅白の臥竜梅が、古木をさらしている。見頃は四月上旬とか。

本堂と呼んでいるのは実は方丈で、大小一〇室に区切られた武家書院風。狩野派の豪華な襖絵に飾られているが、これは数億円かけて複製したもの。見事な大屋根を見せる庫裏も含め国宝建造物である。道に面して平成七年に完成した宝物館青龍殿があり、本堂障壁画のホンモノや政宗、忠宗らの木像、遺物などを展示している。

芭蕉は松島で句を詠んでいないので句碑はないが、門の外に原典の松島の章を彫った文学碑がある。道を南東にとると円通院。政宗の嫡孫で夭折した光宗の廟三慧殿《さんけいでん》が見ものである。異国風に装飾された霊屋の中には、白馬に乗った光宗の像が。境内にはバラ園や石庭がある。

雄島にある頼賢の碑。六角の覆堂に納められいる

雄島には「松島や…」の曾良の句碑がある

瑞巌寺の法身窟は千社札だらけ

瑞巌寺

十一日、瑞岩寺《ずいがんじ》に詣《まうづ》。当寺三十二世の昔、真壁《まかべ》の平四郎出家して入唐《につたう》帰朝の後、開山《のちかいさん》す。其《その》後に、雲居禅師《うんごぜんじ》の徳化《とくくわ》に依《より》て、七堂甍《いらか》改《あらたま》りて、金壁荘厳《こんぺきしやうごん》光を輝《かがやかし》、仏土成就《ぶつどじやうじゆ》の大伽藍《がらん》とはなれりける。彼見仏聖《かのけんぶつひぢり》の寺はいづくにやとしたはる。

瑞巌寺中門を入ると本堂。襖絵に飾られた書院が見学できる

海岸にある観瀾亭は伏見城の遺構を移したもの。書院造の凝った小亭で、狩野山楽筆の襖絵や、うぐいす張りの廊下などがある。この縁側でいただく抹茶は、松島を眺めながらという贅沢なものだ。

その先、小さな赤い橋で結ばれているのが雄島である。橋を渡って南へ行くと、雲居禅師の坐禅堂と頼賢の碑。中どころにあるのが「世をいとふ人」が「閑《しづか》に住なし」とある松吟庵の跡。東に回ると曾良の「松島や鶴に身をかれほとゝぎす」と、『三冊子《さんぞうし》』にある芭蕉の「朝よさを誰《たが》まつしまぞ片心」の句碑や、原典の碑がある。どちらも江戸時代の建立で、今にも倒れそうに斜めになっている。崖にうがたれた無数の窟や、小島を浮かべた松島湾の海を見ながら一周して、約三〇分。

船着き場から東へ回ると、日本三景松島のシンボル五大堂。宝形造の小堂で、ここも橋でつながれた島の上に立つ。その先の福浦島は自然植物公園で、一周約三〇分の遊歩道が

瑞巌寺には、修行場として彫られた石窟が多数ある

鐘楼の外の碑「抑ことふりにたれど…」

ある。

最後になったが、松島を大観するによい地点を紹介しておこう。もちろん芭蕉は見ていないが、いわゆる〝四大観〟は大高森、多聞山、富山《とみやま》、扇谷の四景で、おすすめは新富山展望台と、少し遠いが双観山展望台。最高によいのは松島パノラマラインの西行戻しの松公園である。西行が松の下での禅問答に時間をとられて、松島へ行くのを諦めたという地。今は松ではなく桜の名所となっている。

DATA

交通●塩釜港から遊覧船で1時間、本数も多く利用しやすい。JR仙石線松島海岸駅も便利。JR東北本線松島駅からは海岸までバス5分。仙台から国道45号で27km。

見学●瑞巌寺・同宝物館／8時～17時（10・3月は～16時30分、11・2月～16時、12・1月は15時30分）。☎022（354）2023　●円通院／8時～17時（12月～3月は9時～16時）。☎022（354）3206　●観瀾亭／8時30分～17時（11～3月は～16時30分）。☎022（353）3355

食●活魚料理の海上レストラン御座船、円通院隣の伊達精進雲外などが落ち着ける。

宿●旅館約30軒。高台にあるホテル松島大観荘は、朝日に映える松島の鳥瞰が絶佳。

エリア情報●松島観光協会 ☎022（354）2618

朝に夕に、雨に雪に、松島の風光は筆舌に尽くしがたい…と芭蕉は思ったのであろう。西行戻しからの朝の眺め

松島のシンボル五大堂は小島の上に立つ。結局、芭蕉は松島では句を詠んでいない。それもよきかな

石巻

十二日、平和泉《ひらいづみ》と心ざし、あねはの松、緒だえの橋など聞伝《ききつたへ》て、人跡稀《まれ》に雉兎蒭蕘《ちとすうぜう》の往《ゆき》かふ道、そこともわかず、終《つひ》に路《みち》ふみたがえて、石《いし》の巻《まき》といふ湊《みなと》に出《いづ》。「こがね花咲《さく》」とよみて奉《たてまつり》たる金花山《きんくわざん》、海上《かいしやう》に見わたし、数百《すひやく》の廻船《くわいせん》、入江《いりえ》につどひ、人家地《ち》をあらそひて、竈《かまど》の煙立《たち》つゞけたり。思ひかけず斯《かか》る所にも来《きた》れる哉《かな》と、宿からんとすれど、更に宿かす人なし。漸《やうやう》、まどしき小家《こいへ》に一夜をあかして、明《あく》れば又、しらぬ道まよひ行《ゆく》。袖《そで》のわたり、尾ぶちの牧、まの、萱《かや》はらなどよそめにみて、遥《はるか》なる堤を行《ゆく》。心細き長沼《ながぬま》にそふて、戸伊麻《といま》と云《いふ》所に一宿して、平泉に到《いた》る。其間《そのかん》廿余里ほどとおぼゆ。

石巻

いしのまき

原典によれば姉歯《あねは》の松、緒絶《おだえ》の橋などの歌枕を訪ねて平泉へ向かうはずだったが、「路ふみたがえて、石の巻といふ湊に出」てしまったとある。しかし曾良日記には「仙台ヨリ十三里余」と、すんなり到着している。五月十日（六月二十六日）、小雨降る日であった。道は石巻街道、松島からは七里と楽な行程である。

石巻は、今は北上川の河口港であるが、昔の北上川は追波《おっぱ》湾に注いでいた。この大河を、水害を防ぎ灌漑に利用するために石巻へ付け替えたのは、十七世紀の寛永初年のことという。そして流域の物資は、すべて水運によって石巻へ運ばれた。十八世紀末の石巻は人口約六〇〇〇人、船約二五〇隻を持つ大きな港となり、奥州の米がここから江戸へ運ばれていった。

当時の道が現在と異なるのは当然であり、山深い鄙《ひな》の地と思った石巻日和山《ひよりやま》へきて、いきなり千石船の集まる港の賑やかさを見た芭蕉が驚いたのも当然だろう。一行が泊まった新田町は現在の住吉町、JR石巻駅付近とさ

日和山の芭蕉と曾良の像

松の老木の下にひっそりと立つ芭蕉句碑

れている。そして日和山と住吉の社を訪れた。

日和山は北上河口の西岸にある台地で、もと葛西《かさい》氏の城跡でもあり、式内社の鹿島御児《かしまみこ》神社がある。境内にある松の老樹の根に巻かれるような形で、芭蕉句碑がある。碑は「雲折々人を休める月見かな」とあり、奥の細道とは関係ない。建立は延享五年（一七四八）。神社の東側は公園として整備され、桜やツツジの名所となっている。港の眺めのよい地に、芭蕉と曾良の像が立つほか、石川啄木や斎藤茂吉らの歌碑も立つ。金華山は見えぬが、正面には平らな田代島、網地島《あじ》が浮かぶ。

住吉の社とは北上川に臨む住吉公園内の大島神社のこと。川に突き出た小島には釣り人が多く、市民に親しまれているようだ。住吉公園にあるえぼし岩が、水が渦を巻いているようになるところから、石巻の地名発祥の地となった巻石である。歌枕の袖の渡《わたり》もここ。昔、牛若丸が平泉へ行く途中、渡し船の金がなく、小袖の片袖を切って船頭に与えたという故事によるところ。案内板が立っている。

また、石巻は仙台藩士、支倉《はせくら》常長がローマへ向けて出航した地。本造洋式帆船が復元され、宮城県慶長使節船ミュージアムがある。

なお、尾ぶちの牧は市街の東、今は市民の森となっている牧山の一帯、「まの、萱《かや》はら」は古い板碑や十一面観音像のある長谷《ちょうこく》寺の周辺と伝えられている。

登米から平泉へ向かう風景

DATA

交通●JR仙石線、石巻線石巻駅下車。住吉公園は徒歩5分。日和山はタクシーで6分。仙台から国道45号線で約54km、松島から約28km。
見学●鹿島御子神社／☎0225（22）1216
●宮城県慶長使節船ミュージアム（サン・ファン館）／9時30分〜16時30分（8月は〜17時30分）、火曜休。☎0225（24）2210
宿●旅館約20軒ほど。駅に近い石巻グランドホテル前に、旧町名として「新田町」の石碑が立っている。
エリア情報●石巻市商工観光課
☎0225（95）1111

登米
とよま

鹿又、飯野川、柳津…と地名は挙げているが、石巻から登米への道は、北上川の流路の変更で判然としない。「心細き長沼にそふて、戸伊麻と云所に一宿して」と原典にある戸伊《とい》麻《ま》が、登米である。

宿がとれず土地の検断（役人）の家に泊まったとか。登米大橋畔の堤の上に芭蕉翁一宿の地の碑が立っている。この碑は明治の俳人河東《かわひがし》碧《へき》梧桐《ごどう》の筆になる六朝《ろくちょう》風の雅字で、一見に値する。彼は明治三十九年、東北に遊び、ここ登米には一〇日も滞在したという。

芭蕉来遊当時の登米は、伊達一門の大蔵村直二万石の城下町であった。明治維新後、一時は水沢県庁が置かれ、今も古い武家屋敷や古寺、明治建築の名残が多く見られる。文雅の地の伝統から歌碑や句碑が多く、芭蕉の句碑は登米神社にある。「降津《ふらず》とも竹植《う》る日は美能登笠《みのとかさ》」の句だが碑面は磨滅して読み難い。傍らに樹齢三〇〇年というカツラの大木があり、春の芽立ちは美しい。

現在、登米市は「みやぎの明治村」として登米町域をピーアールしている。旧登米高等尋常小学校の教育資料館、旧登米警察署の警察資料館、水沢県庁記念館、登米懐古館、伝統芸能伝承館の森舞台などがあり、街めぐりは約三時間かかる。特産の玄昌石の館も一見したいもの。

DATA

交通●JR東北本線瀬峰駅からバス1時間。石巻からは途中の柳津で乗り換え、バス1時間30分。どちらも本数は少ない。
見学●みやぎの明治村（教育資料館・警察資料館・県庁記念館・懐古館・森舞台）／9時〜16時30分。各館共通券や観光ガイド、レンタサイクルなどもある。☎0220（52）5566（とよま振興公社）
食と特産●名物は鰻料理。土産には太白飴　松笠風鈴など。特産の風鈴は江雲堂で。一子相伝という老舗。
エリア情報●登米市役所
☎0220（22）2111

那須湯本温泉

那須岳の火山活動で生まれた那須七湯の最古参。
昔懐かしい湯屋には、長湯は禁物の薬効高い硫黄泉が満ちる

芭蕉がみちのくへの鋭気を養った、道中最初の温泉地

那須湯本温泉は『奥の細道』に登場する最初の温泉地である。栃木県北部、那須岳の麓に位置。大丸温泉や弁天温泉などとともに「那須七湯」と呼ばれ、那須で最古の温泉である。

二週間の黒羽滞在の後、芭蕉は殺生石や温泉神社などを見物し、那須湯本温泉の元湯・鹿の湯の近くに投宿した。鹿の湯周辺は今でも湯治場の面影が残り、江戸をたった芭蕉もここで道中の疲れを癒したと思われる。それにしても芭蕉はさぞ驚いたことだろう。殺伐とした殺生石に折り重なって死ぬ虫たち、あたり一面に立ち込める硫化水素ガスのにおい。生まれて初めて浸かる硫黄泉の湯。しかし驚きながらも、その湯の力に芭蕉はたちどころに魅了されたのではないだろうか。

鹿の湯は約一三七〇年前に開湯したとされる。文字通り、傷ついた鹿がこの湯で体を癒したことから、名がある。天平一〇年（七三八）の東大寺正倉院に保管される正倉院文書に、すでに那須温泉の名が記録されていたという古湯で、現在も温泉ファンに根強い人気がある。昔ながらの共同浴場の佇まいで、木造の浴場には強い酸性の白濁した湯が溢れている。四一度～四八度の温度別に湯船が六カ所に分かれ、体質や好みで入浴することができる。

温泉成分が強いため、いきなり入ると体への負担が大きい。そこで入浴の心得として、柄杓で湯をすくい一〇〇～三〇〇回、後頭部にかぶり湯をしてからの入浴を勧めている。これで湯あたりを防ぐことができる。また、長湯は禁物で、三分ほどの入浴を繰り返し、一五分ほどで上がる短熱浴という方法での入浴がよい。朝一番からマイ柄杓を持った常連客が集まるのもユニークな光景だ。

この温泉に入ると数日は硫黄の匂いが体に染み付いているような気がする。肌が弱い人は、近くにある新那須温泉などのやわらかい単純温泉で直し湯をするのがいいだろう。

右／名物「湯もみ」の風景。湯もみは水を使わず湯温をさげる知恵
左／鹿の湯の全景

鹿の湯●8時～19時(冬期は～18時)、400円。
☎0287(76)3098
交通●東北本線黒磯駅からバスで約35分
エリア情報●那須町観光商工課
☎0287(72)6918

DATA
泉質■含硫黄ーカルシウムー硫酸塩・塩化物泉
効能■慢性皮膚病、疲労回復、神経痛など

第二章 平泉から象潟へ

通称〝山寺〟。立石寺の芭蕉像

奥の細道原典

平泉

三代の栄耀一睡《えいえういつすい》の中《うち》にして、大門《だいもん》の跡は一里こなたに有《あり》。秀衡《ひでひら》が跡は田野《でんや》に成《なり》て、金雞山《きんけいざん》のみ形を残す。先《まづ》、高館《たかだち》にのぼれば、北上川南部《なんぶ》より流る、大河也《たいがなり》。衣川《こちもがは》は、和泉《いづみ》が城《じやう》をめぐりて、高館の下にて大河に落入《おちいる》。泰衡《やすひら》等が旧跡は、衣《ころも》が関《せき》を隔《へだて》て、南部口をさし堅め、夷《えぞ》をふせぐとみえたり。偖《さて》も義臣すぐつて此城《このじやう》にこもり、功名一時《こうみやういちじ》の叢《くさむら》となる。国破れて山河あり、城《じやう》春にして草青みたりと、笠打敷《かさうちしき》て、時のうつるまで泪《なみだ》を落《おと》し侍《はべ》りぬ。

夏草《なつくさ》や兵《つはもの》どもが夢の跡

卯《う》の花に兼房《かねふさ》みゆる白毛《しらが》かな　曾良

旅のガイド 1

平泉から山刀伐峠へ

一関 いちのせき

五月十二日（新暦六月二十八日）、登米《とよま》を出発した芭蕉一行は、合羽《かっぱ》も通すような豪雨の中を一関に向かった。曾良日記には「皆山坂也」とあるから、途中の涌津《わくつ》から馬に乗ったにせよ、大変な難行だったであろう。

当時の一関は田村氏三万石の城下町。芭蕉がどこに泊まったかは明らかではないが、磐井川に架かる磐井橋のたもとに芭蕉二夜庵の碑がある。また駅近く大町十字路に芭蕉の辻の碑や、奥の細道の案内板が立っている。

芭蕉句碑は配志和《はいしわ》神社にあるが、奥の細道とは関係がない。しかし、この神社は古社の趣が豊かである。願成寺を起点とするはさま街道（上街道）は、宮城県の岩ケ崎、迫《はさま》に通ずる道で、芭蕉らもこの街道を鳴子へ向かったと思われ、現在は道標も完備している。

無量光院跡は侘しさの極み。松に風が鳴るばかり

予《かね》て耳驚《おどろか》したる二堂開帳《かいちやう》す。経堂《きやうだう》は三将の像をのこし、光堂《ひかりだう》は三代の棺《ひつぎ》を納め、三尊の仏《ほとけ》を安置す。七宝散《しつぽうちり》うせて、珠《たま》の扉《とびら》風にやぶれ、金《こがね》の柱霜雪《さうせつ》に朽《くち》て、既頽廃《すでにたいはい》空虚の叢《くさむら》と成《なる》べきを四面新《あらた》に囲《かこみ》て、甍《いらか》を覆《おほう》て風雨を凌《しのぐ》。暫時千歳《しばらくちとせ》の記念《かたみ》とはなれり。

五月雨《さみだれ》の降《ふり》のこしてや光堂《ひかりだう》

高館にできた碑。「夏草や…」

時間があれば世嬉《せき》の一《いち》酒造の酒の民俗文化博物館を見学したい。東北随一の酒蔵を資料館にしたもので、酒造りの過程が見られるし、試飲コーナーやレストランが併設されている。渓谷美の厳美渓《げんびけい》へはバスで二五分。

DATA

交通●JR東北本線・新幹線一ノ関駅下車。東北自動車道一関ICから4km。
見学●世嬉の一酒の民俗文化博物館／9時～17時、火曜休。☎0191（21）1144
宿●市内に旅館等約15軒。厳美渓には温泉もあり、旅館が5軒。
エリア情報●一関市商業観光課
☎0191（21）8413

平泉《ひらいずみ》

この地は松島、象潟と共に奥の細道のハイライトである。芭蕉らは一関へ泊まった後、ここを訪れているのだが、快晴とはいえ、雨の翌日の一〇時に出発して午後四時前には一関に帰りついている。その間、約二里、往復に三時間みると、正味の見物は三時間ほど。中尊寺に焦点をしぼって見物したのだろう、毛越寺《もうつう》へも達谷窟《たつのこくのいわや》へも行った形跡はない。

原典の書き出しにある「三代の栄耀」とは、奥州藤原氏清衡《きよひら》、基衡、秀衡三代のこと。藤原氏は奥六郡の俘囚《ふしゅう》の長と称し、初代清衡は藤原、安倍両氏の血をひいている。清衡が平泉に居館を築いた嘉保元年（一〇九四）から、秀衡の次代泰衡滅亡の文治五年（一一八九）までの九五年間、豊かな駿馬《しゅんめ》と砂金の産をバックとして、東北地方に君臨していた。

清衡は、その三〇余年の治世の間、奥羽に仏国土を建設し平和を願うことを本願とした。そして長治二年（一一〇五）には中尊寺を復興、基衡以降、毛越寺、観自在王院、無量光院を次々と建立して、京にも勝るといわれた平泉文化をつくり上げたのである。源義経を庇護したことは有名だが、西行も二度にわたって訪れている。

JR平泉駅を出て、旧道へ入り、踏切を越えると伽羅《きゃらの》御所《ごしょ》跡。芭蕉のいう「秀衡が跡」で、泰衡もここを居館としていた。今は「田野になりて」どころか家並みの中になりにけり。その先、北上川に架かる高館《たかだち》橋の近くに清衡、基衡の柳之御所跡と柳之御所資料館がある。JRの線路脇には無量光院跡。新御堂と呼ばれ、宇治平等院《びょうどういん》の鳳凰堂《ほうおうどう》を模した建物だったとか。堂跡や池跡などが、わずかに

かつては霊水が湧き出ていたといわれる卯の花清水

面影を留めているだけ。

さらに進むと小高い丘が見え、そこが高館。標高六七メートルと低いが、丘上からの北上川や東稲山《たばしねやま》の眺めは素晴らしい。秀衡の盛時、東稲山には桜が植えられていて、文治二年（一一八六）に訪れた西行は、「聞きもせず東稲山の桜花　吉野のほかにかかるべしとは」と詠んでいる。川の流れは変わり、線路や道路が走っているのを除けば、ここからの眺めは芭蕉当時とあまり変わっていないように思われた。

山頂には義経堂があり、生々《なまなま》しい彩色の義経像が祀られている。堂は天和三年（一六八三）、伊達藩主が造営したもの。兄頼朝に斥《しりぞ》けられて平泉の秀衡を頼った義経は、この高館を居館としたが秀衡没後一年半の文治五年、泰衡の軍勢に襲われて、弁慶ら郎《ろう》党《とう》と共に討死した。今、丘のはずれの展望のよい地に「夏草や…」の句碑が立ち、芭蕉にならって「時のうつるまで」感慨《かんがい》にふける旅人も多い。

高館の下、ＪＲ線の踏切横にあるのが卯《う》の花《はな》清水。卯の花はウツギのこと。現在は清水は枯れ、水道水を引いている。傍らに曾良の「卯の花に兼房みゆる白毛かな」の句碑。兼房は義経北の方の乳人《めのと》・増尾十郎兼房のことである。このあたりから西に見えるこんもりとした山が金鶏山で、秀衡が富士山を模し金の鶏を埋めて造ったという。一一〇メートルと低い雑木山である。

踏切を越えて北へ行くと、国道四号に面した中尊寺の入口、月見坂に到着する。国道沿いの平泉文化史館をのぞいていこう。平泉各寺の全貌を絵や模型で分かりやすく説明している。

この付近の国道は桜とイチョウを交互に植えた並木道で春秋は美しい。ここにできた奥州藤原歴史館ゆめやかたは、前九年の役で敗死した藤原経清から泰衡の藤原氏滅亡までを、人形やパノラマで再現したところ。義経と佐藤兄弟、西行法師と藤原氏のゆかりなどの説明もあって見応えもある。

月見坂下、一本の松の根元にある五輪塔は武蔵坊《むさしぼう》弁慶の墓と伝えるもの。脇に俳人素鳥の「色かへぬ松のあるじや武蔵坊」の句碑が立つ。また、中尊寺総門を入った先の弁慶堂には、衣川《ころもがわ》の瀬で討死した弁慶の立往生の立像がある。

中尊寺境内の奥まったところにある金色堂の旧覆堂。鎌倉時代の古びた建物に映える若葉を芭蕉も見たであろう

旧履堂の芭蕉像。芭蕉来遊の46歳当時の面影という

DATA

交通●JR東北本線平泉駅下車。一ノ関駅からバスで約20分。車で一周すると約2時間、平泉駅前にレンタサイクルも。定期観光バスも有。東北自動車道平泉前沢ICから約3km。

見学●義経堂／8時30分から17時（11月5日～4月4日は～16時30分）。☎0191（46）3300　●柳之御所資料館／9時～16時30分。月曜、祝日の翌日休。☎0191（34）1001　●平泉文化史館／9時～16時。12～3月は休業日あり。☎0191（46）2011（平泉観光レストセンター）　●ゆめやかた／9時～17時（冬は10時～16時）。☎0191（46）5011

宿●旅館・ホテルが平泉町に5軒ある。

食・特産●わんこそばは芭蕉館〔☎0191（46）5155〕や泉そば屋〔☎0191（46）2038〕など。土産には秀衡塗もオススメ。

エリア情報●平泉観光協会　☎0191（46）2110

金色堂は覆堂で保護されている

中尊寺《ちゅうそんじ》

慈覚大師が嘉祥三年（八五〇）に創建。初代清衡が中興した後は、一山の寺塔四〇余、僧坊三〇〇余を数えたというが、文治五年、平泉落城の際にほとんど焼失、その後も野火などにより荒廃した。芭蕉が訪れた折も、ほぼ現在の遺構だったらしい。

杉並木が天をつく月見坂を登る。東物見と地蔵堂の二カ所に、西行の東稲山を詠んだ歌碑が立つ。すぐ、天台宗東北大本山の本坊である。先の小さな広場には大日堂や薬師堂が

衣川の眺めは今も変わらず…

金色堂脇の古い句碑

点在しており、階段の上にはお目当ての金色堂《こんじきどう》。耐震耐火の鉄筋コンクリートの覆堂《さやどう》の中に鎮座まします。

　金色堂は天仁元年（一一〇八）起工、一六年かかって完成した。宝形《ほうぎょう》造、全面に伽羅布（麻）を張り、黒漆、金箔を押し、芭蕉が「光堂」と詠んだように、まばゆいばかり。須弥壇《しゅみだん》は中央が清衡、向かって左が基衡、右が秀衡、中央壇の四隅が七宝荘厳《しっぽうしょうごん》の巻柱で華麗なもの。壇の中にはそれぞれの遺体が納められている。

　芭蕉の句碑は金色堂そば、「五月雨の降のこしてや光堂」で、延享三年（一七四六）、仙台の俳人たちが建てたもの。讃衡《さんこう》蔵《ぞう》には平泉文化を伝える至宝が収蔵されている。奥に行くと、経蔵、旧覆堂（重要文化財）、開山堂があり、経蔵と旧覆堂の間に、芭蕉像と素龍筆を刻んだ奥の細道碑が立つ。曾良がいない芭蕉像は少々淋しそうだ。

　西物見の能楽堂は、二階大堂の跡に嘉永六年（一八五三）に建てられたもの。五月と十一月の藤原まつりには、ここで能が演じられる。その奥の資料館ではハイビジョンで、中尊寺を紹介しているし、地蔵堂奥の塔頭《たっちゅう》積善院では奥の細道展を常設している。休憩所もあって、抹茶がいただける。

　西物見からは芭蕉が描く、「北上川南部より流る、大河也。衣川は、和泉が城をめぐりて」と同じ眺めが一望にできる。和泉が城は中尊寺の北西、北上川支流の衣川中流にあったという。

DATA

交通●JR東北本線平泉駅からバスで４分（冬は運休）、徒歩なら25分。駅にレンタサイクルもある。

見学●境内は自由。金色堂・讃衡蔵・経蔵・旧覆堂／８時～17時（冬は８時30分～16時30分）。

☎0191（46）2211

大泉が池を中心とした優雅な毛越寺庭園

毛越寺の句碑。左が真蹟、右は模刻

毛越寺《もうつうじ》

中尊寺からは、のどかな里道を歩いて二〇分ほど、秋ならばコスモスの揺れる詩情あふれる道だ。

毛越寺には古い建造物はなく、大泉が池を中心とした庭園が残るのみ。基衡が再興し、かつては中尊寺をしのぐ華麗さを誇っていた

悪路王がこもったと伝えられる達谷窟の昆沙門堂

といわれ、円隆寺（金堂）、嘉祥寺《かじょうじ》などを含めた大寺であった。今の本堂は平成元年に再建された。芭蕉句碑「夏草や兵どもが夢の跡」は本坊の前に二基。小さいほうが古く、芭蕉の真蹟を彫ったもので、もう一方はその模刻である。宿院の前には珍しい英文の句碑も立っている。

極楽浄土を表現したという庭園は、特別史跡・特別名勝。石組、築山《つきやま》、洲浜《すはま》が巧みに配置されており、全長八〇メートルの遣水《やりみず》も復元されている。池の西側は三〇〇種を数える花菖蒲園で、六月下旬にはあやめまつりがある。東隣の観自在王院跡庭園も復元された。毛越寺に八〇〇年来伝わる延年の舞は、一月二十日の摩多羅神《まだらじん》祭と春秋の藤原まつりに演じられる。

毛越寺から西へ六キロ、バス一〇分の地にある達谷窟《たっこくのいわや》は、坂上田村麻呂が蝦夷《えぞ》の悪路《あくろ》王《おう》を討った地と伝える。崖からせり出すような堂、岩壁には高さ一七メートルの大日如来像が刻まれている。この像は、源義家が前九年と後三年の役の戦死者を弔《とむら》うために鍬《すき》で彫ったものと伝えるが、磨滅が激しく、残るのは頭部のみ。

さらにこの道を進むとバス一〇分で厳美《げんび》渓《けい》。新緑、紅葉が白い岩肌に映えて、小規模ながらまとまった眺めを見せている。

DATA

交通●JR東北本線平泉駅から徒歩10分。中尊寺からバス5分、徒歩だと20分。
見学●毛越寺／8時30分～17時（冬は～16時30分）。☎0191（46）2331
●達谷窟毘沙門堂／8時～17時（4月は～17時30分、5～8月は～18時、12～1月は16時30分）。☎0191（46）4931
エリア情報●平泉観光協会　☎0191（46）2110

岩出山
いわでやま

五月十四日（新暦六月三十日）、芭蕉は平泉に多くの感慨を抱いて、一関を後にし南下した。北上すれば「そとの浜辺」（津軽）や、「ゑぞが千島《ちしま》」へ通ずる南部道であるが、それをよそに見やって奥羽山脈横断のルートを選んだのである。

岩ケ崎、金成《かんなり》を通ってゆくこの道は、いわゆるはさま街道だが、芭蕉らが実際にどこを通ったのか、不明の点が多い。姉歯の松、緒絶《おだえ》の橋、つくも橋など歌枕の地も近くにある。姉歯の松は旧くりはら田園鉄道（平成十九年廃止）沢辺駅付近（栗原市）、緒絶の

高館から見る北上川と束稲山は往時と変わらぬ眺め

橋は大崎市古川の繁華街にある。つくも橋も旧くりはら田園鉄道津久毛駅の北で、ここは藤原泰衡が家臣に討たれたところで、近くの信楽寺跡に泰衡の墓がある。芭蕉の一行は、これらには行っていない。

「岩出《いわで》の里」と芭蕉が書いている岩出山（大崎市）は、伊達政宗が米沢から移って居城にしたところで、仙台に城を移すまで一二年間、本城であった。以後は一門が城主となり一万石余を領した。明治維新に当たって佐幕だった伊達藩は、戊辰《ぼしん》戦争後に苦難の道を歩むが、その中で岩出山城主伊達邦直は、北海道に移住を決意、家臣と共に入植したが、それが現在の札幌の北、石狩川右岸の当別町である。

芭蕉が一泊した地は不明だが、今、岩出山小学校の近くに、像と一宿の地碑が立っている。

江合《えあい》川の西岸には、藩校の旧有備館《ゆうびかん》と池泉回遊式の庭園がある。旧有備館は元禄四年（一六九一）に建立された茅葺きの建物。政宗が城下町の町割の際、江合川を引き込んで用水と外堀の役目にした内川沿いには、「学問の道」という遊歩道が造られている。町の南東、城山公園が岩出山城跡で、桜の多い公園には政宗の像が立っている。

高館に咲く可憐な花

DATA

交通●JR陸羽東線岩出山駅下車。有備館は同線有備館駅からすぐ。東北自動車道古川ICから国道47号線で約10km。

見学●旧有備館／8時30分～17時。☎0229（72）1344

宿●城山公園内の観光亭など、旅館4軒。

食●名産は凍み豆腐でコース料理の店もある。

エリア情報●岩出山総合支所産業建設課
☎0229（72）1215

尿前の関

南部道《なんぶみち》遙《はるか》にみやりて、岩手《いはで》の里に泊る。小黒崎《をぐろざき》・みづの小島《こじま》を過《すぎ》て、なるごの湯より尿前《しとまへ》の関にかゝりて出羽《では》の国に越《こえ》んとす。此路《このみち》、旅人稀《まれ》なる所なれば、関守《せきもり》にあやしめられて、漸《やうやう》として関をこす。大山《おほやま》をのぼって、日既暮《すでにくれ》ければ、封人《ほうじん》の家を見かけて、舎《やどり》を求む。三日《みつか》、風雨あれて、よしなき山中《さんちゅう》に逗留《とうりう》す。

蚤虱《のみしらみ》馬の尿《しと》する枕もと

鳴子・尿前

なるご・しとまえ

五月十五日（新暦七月一日）、小雨の中、岩出山を出発して江合川上流の荒雄川に沿って遡った。途中には小黒崎《おぐろざき》、みづ（美豆）の小島と二つの歌枕がある。

小黒崎は、陸羽東線の池月駅と川渡《かわたび》温泉駅の中間にある松の茂る山で、標高一四五メートル。今は小黒崎観光センターというドライブインの向かい側である。その前庭に芭蕉像と「南部道遙にみやりて…」の文学碑がある。みづの小島はその西、標柱の立つところ

歌枕の地、小黒崎。観光センターに立つ芭蕉像は明るい面もち

関所らしく復元された尿前の関跡。芝生が青々と広がる苑地となった

関跡の向かい「蚤虱…」句碑

で、川岸のほうへ入っていくと見ることができる。ここにも奥の細道の標識と古今集 東《あずま》歌《うた》の「おぐろさきみつのこじまの人ならば宮このつとにいざといはましを」の歌碑が立っている。

鳴子付近の国道は大体、江合川（荒雄川）の南を走っているが、旧街道は北岸の山裾を行き、鳴子の湯元には寄らず西へ向かう。芭

尿前の関跡の芭蕉像

蕉も立ち寄ってはいないが、こけしの故郷でもあり、温泉にも入ってみよう。

　鳴子は、義経が平泉へ下る際、子供が誕生して産声《うぶごえ》をあげたところから名付けられたと伝える古湯で、玉造の湯と称されていた。国道沿いに大旅館が並ぶ湯の町である。駅前を南に入ったところに温泉神社、檜造りの共同浴場滝の湯がある。土産物店は鳴子こけしをはじめとする木工品、漆器などが多い。

　JR鳴子温泉駅から国道四七号線で約二キロ、大谷川に架かる大谷橋を渡る。ここから谷へ下りると、新緑と紅葉の美しい鳴子峡だ。紅葉の盛りは十月下旬、遊歩道で約一時間かかる。日本こけし館の前を過ぎ、「奥の細道」の標識に従って進むと尿前《しとまえ》である。

　山の斜面に小さな句碑、これが「蚤虱馬の尿する枕もと」である。建立は明和五年（一七六八）、芭蕉がここを通過してから八〇年後のことである。

　その先が尿前の関跡で、門や柵を復元して小規模ながら苑地となっている。奥に芭蕉像と尿前のくだりを記した文学碑。本来の関跡は、この苑地の外の奥、野の草に埋もれた石垣の見えるところとか。ここは伊達藩の境《さかい》目《め》番所で、取り締まりが厳しかったことは原典にあるとおり。

　苑地の脇には旧出羽街道の石畳が復元されており、道に面して小さな茶店が一軒ある。このあたりの旧出羽街道は中山越《なかやまごえ》歴史の道、芭蕉当時の雰囲気が最もよく残っているという。整備された道は小深沢、大深沢を越え、

夏草に埋もれた石垣が本当の関跡だそうだ

封人の家。有路家が代々、堺田の国境を守った。厚い茅葺き屋根が豪壮

封人の家の句碑「蚤虱…」

封人の家は約400年前の往時のままを保っている

関の茶屋前から続く出羽街道の石畳

大深沢の谷

庚申碑《こうしんひ》までが一時間、中山宿駅跡から軽井沢の野っ原を通り、甘酒地蔵、三界萬霊《さんがいばんれい》碑を経て堺田《さかいだ》封人《ほうじん》の家までが一時間、健脚なら歩いてみたいところである。

尿前から国道を西へ約八キロ、仙台藩と新庄藩の境、今は宮城と山形の県境を越えるとすぐ堺田で、封人《ほうじん》の家がある。封人とは国境を守る人のことをいい、代々庄屋有路《ありじ》家が務めた。

家の建築年代は不明だが、様式や技法は元禄をくだらないといい、重要文化財に指定されている。約八〇坪という大きな家で、村役場、問屋、宿屋の機能も備えていた。入口を入ると土間、馬屋、「ござしき」という板間、その奥に畳座敷が三間ある。

封人の家の側には、「蚤虱…」の句碑と資料展示室がある。資料展示室には、人と馬が一つ屋根の下に暮らす土地柄にふさわしく、馬具などを展示している。

DATA

交通●JR陸羽東線鳴子温泉駅下車。温泉へ徒歩5分。尿前関跡へタクシー5分。封人の家は同堺田駅下車、徒歩5分。東北自動車道古川ICから国道47号線で鳴子へ約30km。鳴子から堺田へ約13km、赤倉まで約18km。

見学●日本こけし館／8時30分～17時、1～3月休館。☎0229（83）3600　●封人の家／8時30分～17時（11月は～16時）、12～3月は休館。☎0233（45）2397　●小黒崎観光センター／9時～18時。☎0229（84）7111

宿●鳴子温泉に旅館が約60軒。東鳴子や川渡は湯治向き。

エリア情報●鳴子温泉郷観光協会
☎0229（82）2102

山刀伐峠

あるじの云《いふ》「是《これ》より出羽《でば》の国、大山を隔《へだて》て、道さだかならざれば、道しるべの人を頼《たのみ》て、越《こゆ》べきよし」を申《まうす》。さらばと云《いひ》て、人を頼侍《たのみはべ》れば、究竟《くつきやう》の若者反脇指《そりわきざし》をよこたえ、樫《かし》の杖《つゑ》を携《たづさへ》て、我くが先に立《たち》て行《ゆく》。けふこそ必《かならず》あやうきめにもあふべき日なれと、辛《から》き思ひをなして、後《うしろ》について行《ゆく》。あるじの云《いふ》にたがはず、高山森々《しんしん》として一鳥《いつてう》声きかず、木《こ》の下闇《したやみ》茂りあひて、夜《よ》る行《ゆく》がごとし。雲端《うんたん》につちふる心地して、篠《しの》の中踏分《ふみわけ》く、水をわたり、岩に蹶《つまづい》て、肌につめたき汗を流して、最上《もがみ》の庄《しやう》に出づ。かの案内せしおのこの云《いふ》やう「此《この》みち必《かならず》不用《ぶよう》の事有《あり》。恙《つつが》なうをくりまいらせて、仕合《しあはせ》したり」と、よろこびてわか

山刀伐峠

なたぎりとうげ

芭蕉一行は堺田でまる一日雨に降り込められて二泊してしまったが、三日目は快晴となった。原典にあるとおり案内人を頼んで、いよいよ奥羽山脈を越えたのである。

堺田を出ると旧道が残っており、新庄藩の口留《くちどめ》番所があった笹森へ向かう。曾良日記に「百姓ニ貢ヲ宥《ゆる》シ置也」という百姓番の関所で、以前は番所の建物も残っていたという。今も道筋やたたずまいに趣きを残しているといわれる。

明神橋で国道四七号線と別れて赤倉温泉へ入ってゆく。ここから先は歴史の道として整備され、道標が完備されている。万騎《まき》の原《はら》は戦国時代の古戦場。ひなびた温泉街を抜け、一刎《ひとはね》にかかる頃、谷は両側から迫ってくる。一刎にも諸藩が要所に設けた見張り所である口留番所があったのだが、今は跡形もない。立派な新県道の山刀伐峠トンネルの入口に麓《ふもと》の泉《すず》があり、歴史の道の標識がある。ここから峠の頂上まで、数カ所で旧県道を横切りながら行くのが本来の旧道（歴史の道）で、「山刀伐二十七曲り」と呼ばれた難所で

山刀伐峠の頂上付近に立つ文学碑

れぬ。後《あと》に聞《きき》てさへ、胸とゞろくのみ也《なり》。

山刀伐峠の馬頭観音碑

子持ち杉と地蔵堂が木もれ日の中に

ある。旧県道は車で通行できるが、石畳に整備された歴史の道を歩けば頂上まで約三〇分である。

峠は標高四七〇メートル、旧県道の頂上から歴史の道を歩いて五分で着く。道は緩い坂道で歩きやすい。ブナやナラの自然林におおわれ、朽葉の匂う気持ちよい遊歩道で、原典にある芭蕉の不安感がうそのようだ。ただ、樹木は茂っているし、すぐ近くに山並みが連なって、展望はあまりよくない。

峠上の小平地に子持ち杉と子持ち地蔵があり、来遊三〇〇年記念というカツラの木が植えてある。正面が加藤楸邨筆の文学碑で「高山森々として…最上の庄に出づ」。

尾花沢へ道を下ると展望台風の東屋があり、四方の山々の重なりが見られる。歴史の

山刀伐峠の頂上付近からの眺望。“高山森々”というほどではないが、樹林の中の道を尾花沢へ向かう

道の下り口にねまる石という腰掛石がある。尾花沢での句「涼しさを…」にちなむ命名なのである。標識に従って歴史の道を六〇〇メートルほど下ると旧県道に出て、赤井川の沢で新県道に出合う。下りは市野々まで約一時間、ここからは尾花沢へのバスがあるが、本数は少ない。市野々は尾花沢最奥の集落である。

代官所のあった関谷、高橋を過ぎると谷は徐々に開け、道は一路、鈴木清風の待つ尾花沢へ。芭蕉が清風宅へ着いたのは五月十七日（新暦七月三日）の昼過ぎであった。

DATA

交通●JR陸羽東線赤倉温泉駅下車。赤倉温泉へバス7分。温泉から尾花沢方面へのバスはなく、タクシーが便利。タクシーで旧県道、山刀伐峠経由尾花沢まで約1時間30分。国道47号線の赤倉から峠まで約1時間30分。国道47号線の赤倉から峠まで（旧県道）約5km、峠から尾花沢へ約15km。

宿●全館かけ流し温泉で有名な赤倉温泉に旅館約10軒。

エリア情報●最上町観光協会
☎0233（43）2233

奥の細道原典

尾花沢

尾花沢《をばなざは》にて清風《せいふう》と云者《いふ》を尋《たづ》ぬ。かれは富《とめ》るものなれども、志いやしからず。都にも折々かよひて、さすがに旅の情《なさけ》をも知《しり》たれば、日比《ひごろ》とゞめて、長途《ちやうど》のいたはり、さまぐ\にもてなし侍《はべ》る。

涼しさを我宿《わがやど》にしてねまる也

這出《はひいで》よかひやが下のひきの声

まゆはきを俤《おもかげ》にして紅粉《べに》の花

蚕飼《こがひ》する人は古代のすがた哉《かな》　曾良

旅のガイド 2　尾花沢から出羽三山へ

尾花沢　おばなざわ

須賀川と共に芭蕉の長期滞在地。五月十七日から二十七日まで（新暦七月三日～十三日）の一一日間である。長途の旅の疲れを癒すためであろうか、ほとんどどこへも出かけず、一度、歌仙を巻いただけである。宿は芭蕉と旧知の鈴木清風宅と養泉寺《ようせんじ》。

鈴木清風、本名は島田屋八右衛門。紅花《べにばな》を主とする多角経営の商家の三代目で、大名貸しもしている富豪であった。紅花の不買同盟に対して商品を焼き捨てたように見せかけたという気骨とともに、江戸吉原の太夫との交情など粋《いき》な話も伝わっている。芭蕉とは貞享二年（一六八五）、江戸で俳席を共にしている。

清風宅跡の標柱

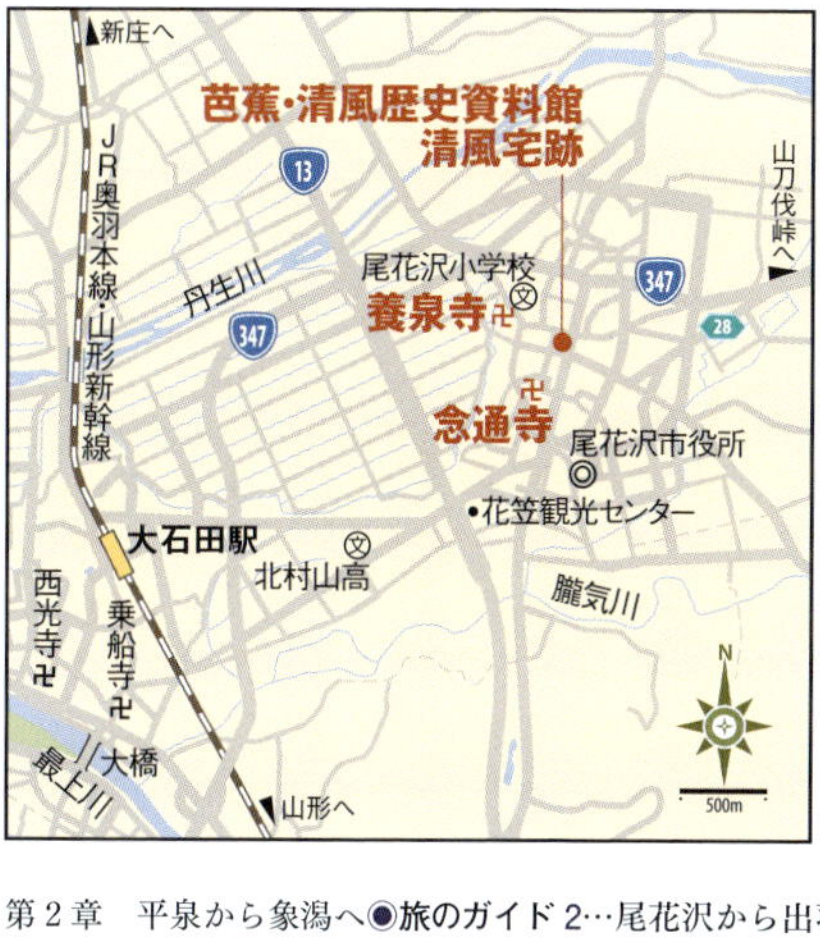

養泉寺の本尊は慈覚大師作と伝える聖観世音像

その清風宅は市街地の一角で、跡地の標柱と説明板が立っている。

その隣にある芭蕉・清風歴史資料館は一見したい。蔵造りの商家、旧丸屋の建物を清風宅隣に移築したもので、雪国らしい民家造り

芭蕉・清風歴史資料館。芭蕉像が訪れる人々を迎えている

芭蕉の句にちなむ涼み塚

涼み塚内の「涼しさを…」の句碑

である。尾花沢の歴史、清風を中心とした俳人関係の資料を展示している。芭蕉作と伝わる竹製の花立てもあり、名残りをとどめる。

もう一カ所の養泉寺は尾花沢小学校の手前を入ったところで、高台のきわにあり、涼風がよく吹き通る。芭蕉が訪れた前年に改築との記録があるので、芭蕉は新装の座席でくつろいだと思われる。

仁王門を入った本堂の手前、覆堂《さやどう》内に丸みをおびた自然石の句碑があり、「涼しさを我《わが》宿《やど》にしてねまる也」の句にちなんで涼み塚という。隣は、立石寺に蝉塚を建てた、村山の俳人壺中の句碑。

なお、「ねまる」というのは尾花沢の方言で、「らくにして」という意味という。また、この時に巻いた歌仙の連句碑もあり、これは発句《ほっく》「涼しさを…」に、清風、曾良、素英《そえい》の付句、初折の表四句を加藤楸邨の筆で刻んだもので、昭和六十三年の建立。

養泉寺は明治初年の大火で全焼したが、その時焼け残ったのが参道横の井戸である。

この尾花沢での有名な句に「まゆはきを俤《おもかげ》にして紅粉《べに》の花」があるが、これは最《も》上《がみ》、村山地方の特産である紅花《べにばな》を詠んだもの。紅花は尾花沢が主産地ではなく、山寺や河北町周辺が栽培の中心地で最上紅花《もがみこうか》と呼ばれていた。だからこの句は、山寺へ向かう途中の風景をとり入れたとされている。

紅花は、七月にアザミに似た紅黄色の花を咲かせる。これを摘んで花餅とし、染料や口紅などの化粧品の材料として、酒田港から京阪へ出荷したものである。

清風の墓は上町の西、清風が独力で再建した念通寺にあるが、特別な墓があるわけではない。なお、芭蕉の尾花沢滞在中によく世話をした村川素英の墓は、国道一三号線沿いの観音堂境内にある。

DATA

交通●山形新幹線大石田駅下車、バス10分。国道13号線が貫通しており、山形から約45km。

見学●芭蕉・清風歴史資料館／9時～16時30分（11～2月は9時30分～）。☎0237（22）0104

宿●市内もよいが中心部から16km、バス45分の銀山温泉がお勧め。古風な湯治湯の雰囲気が今も残っている。

エリア情報●尾花沢市商工観光課 ☎0237（22）1111

立石寺

山形領に立石寺《りふしやくじ》と云山寺《いふやまでら》あり。慈覚大師《じかくだいし》の開基にして、殊《ことに》清閑の地也。一見すべきよし、人々のすゝむるに依《より》て、尾花沢よりとつて返し、其間《そのかん》七里ばかり也。日いまだ暮《くれ》ず。梺《ふもと》の坊《ぼう》に宿かり置《おき》て、山上の堂にのぼる。岩に巌《いはほ》を重《かさね》て山とし、松柏年旧《しょうはくとしふり》、土石老《どせきおい》て苔滑《こけなめらか》に、岩上《しやう》の院《ゐん》々扉《とびら》を閉《とぢ》て、物の音きこえず。岸をめぐり、岩を這《はひ》て、仏閣を拝し、佳景寂寞《かけいじやくまく》として心すみ行《ゆく》のみおぼゆ。

閑《しづか》さや岩にしみ入蝉《いるせみ》の声

立石寺
りっしゃくじ

山形市街の北東にある天台宗の古刹で、山《やま》寺《でら》と通称される。開山は貞観二年（八六〇）、慈覚大師円仁《えんにん》による。

芭蕉は尾花沢の人々に勧められて、この立石寺を訪ねることになった。芭蕉は清風の厚意で馬に乗り、五月二十七日（新暦七月十三日）六時半頃出発、羽州街道を南下し、天童から東へ道をそれて一五時頃に到着している。そしてその日のうちに山内を拝観、預り坊に宿泊した。

江戸時代の立石寺は、寺領一四二〇石、僧坊一〇〇余を数える大寺であったが、原典にあるように「佳景寂寞《かけいじやくまく》」とした地で「閑さや岩にしみ入蝉の声」の名句を得るにふさわしい環境であった。

立石寺は、仙台と山形を結ぶJR仙山線の山寺駅の前である。バスや車で訪れる人も多いだろうが、一度はこの山寺駅のホームに立ってほしい。立谷川の対岸にそびえる宝珠山の新緑や紅葉が凝灰岩《ぎょうかいがん》の岩頭に映え、諸堂が点景となって見事である。駅舎もこの環境にふさわしい趣のある建物である。

仁王門まででも石段は長い。ここから奥の院まで、立石寺名物・力こんにゃくで元気をつけて登ろう

立石寺五大堂から東方を臨む

秘宝館前の芭蕉と曾良の像は芭蕉顕彰碑を挟んで立つ

川を渡ると境内入口。正面が比叡山延暦寺に倣《なら》ったという根本中堂で、この堂の石段上に立つのが「閑さや…」の句碑、嘉永六年（一八五三）の建立である。その先に芭蕉と曾良の像が、芭蕉顕彰碑を挟んで立ち、ここにも同じ句碑がある。その前が文化財を納めた秘宝館。

念仏堂を過ぎると奥の院への入口山門である。ここから奥の院である如法堂《にょほうどう》までは、一〇〇〇段余の石段を登る。二五〇段ほど登ったところに慈覚大師の御休み石、その向かいが蝉塚《せみづか》である。芭蕉の句の短冊を埋めたというもので、村山の俳人壺中《こちゅう》が建立したものだが、二五〇年の歳月で文字は風化して読みにくい。

もちろん、これも「閑かさや…」である。周囲には文学碑が多い。その後ろ、山寺名物力《ちから》こんにゃくを売っている茶店にも素龍本から採った文学碑があるから、「蝉の声」の

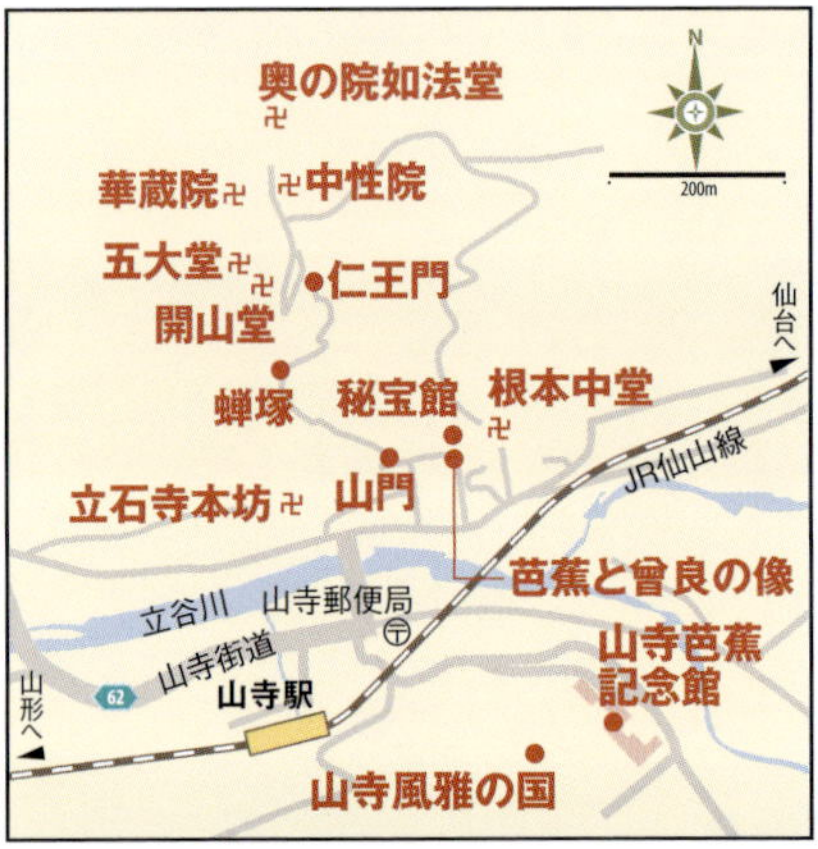

立石寺の茶屋近くに立つ文学碑

比叡山を模したという根本中堂は14世紀の再建

壺中が建立した蝉塚

句碑は境内に四基となる。ところで、一時、この蝉論議が盛んだったが、最近の通説ではニイニイゼミとなっている。

降るような蝉時雨を聞き、力こんにゃくをほおばって石段をあえぎ登る。仁王門をくぐって開山堂を経、約四〇分で奥の院如法堂へ着く。

如法堂の本尊は釈迦如来と多宝如来、四天王がこれを守っている。下の窟の中の三重小塔（重要文化財）は永正十年（一五一三）の建築。また納経堂の背後には入定窟《にゅうじょうくつ》があり、金棺の中に慈覚大師の遺骸が納めてあると伝えられている。

以前五大堂から鎖場で天華岩《てんぐいわ》に登れば、眼下の眺望に声を上げたくなるような絶景を見ることができたが、今は禁止。山内一周は約二時間。歩きやすい靴で、荷物は麓の茶店へ預け杖を借りて登るといい。紅葉の盛りは十月下旬である。

帰りにはJR線路の南側高台にある山寺芭蕉記念館と山寺風雅の国へ行ってみたい。記念館は平成元年の開館、展示室には奥の細道関係の資料を展示しており、映像も見られる。風雅の国は洒落たレストランや喫茶、土産物店、草木染のギャラリーなどがある。

DATA

交通●JR仙山線山寺駅下車、入口まで徒歩5分。山形自動車道山形北ICから約10km。
見学●立石寺／入山料300円。8時～17時。☎023（695）2843　秘宝館は8時30分～17時。12～4月は休館。●山寺芭蕉記念館／9時～16時30分。☎023（695）2221　●山寺風雅の国／9～17時（店舗により異なる）☎0236（95）2011
宿●山寺駅周辺に旅館など3軒。近くの天童温泉が宿の数が多く設備もよい。
食●山寺の茶店では、栗めし、きのこめしが名物料理。
エリア情報●山形市観光協会
☎023（647）2266

最上川

最上川《もがみがは》のらんと大石田《おほいしだ》と云《いふ》所に日《ひ》和《より》を待《まつ》。爰《ここ》に古き誹諧《はいかい》の種〔落《おち》〕こぼれて、忘れぬ花のむかしをしたひ、蘆角一声《ろかくいつせい》の心をやはらげ、此《この》道にさぐりあしして、新古ふた道にふみまよふといへども、みちしるべする人しなければと、わりなき一巻〔を〕残しぬ。このたびの風流、爰《ここ》に至れり。

最上川はみちのくより出《いで》て、山形《やまがた》を水上《みなかみ》とす。ごてん・はやぶさなど云《いふ》、おそろしき難所有《なんじよあり》。板敷山《いたじきやま》の北を流《ながれ》て、果《はて》は酒田の海に入《いる》。左右山覆《おほ》ひ、茂みの中に船を下《くだ》す。是《これ》に稲つみたるをや、いな船といふならし。白糸《しらいと》の滝は、青葉の隙《ひま》〳〵に落《おち》て、仙人堂岸に臨《のぞん》で立《たつ》。水みなぎつて、舟あやうし。

大石田
おおいしだ

五月二十八日（新暦七月十四日）、立石寺から羽州街道を北上、追分からは佐竹道と呼ばれる裏街道を通って大石田へ着いた芭蕉は、ここの高野一栄宅に一泊している。一栄は本名平右衛門、尾花沢の清風とも交流のあった船問屋であった。

ここでは、一栄や大庄屋、高桑川水《せんすい》に指導を請われて、有名な「五月雨をあつめて涼し最上川」を発句とする歌仙を興行した。原典では「涼し」を「早し」に改めているが、今もこの歌仙は芭蕉真蹟の一巻となって、大石田の佐藤家に所蔵されている。

また、二十九日には二人に誘われて、対岸の黒瀧山向川《こうせん》寺へ詣でた。最上川の眺めのよい曹洞宗の寺で、当時は中本山として栄えていた。今は寺の裏山一帯が町民の森として整備されている。

大石田の町は尾花沢の南西、最上川の東岸にあり、酒田港への河港として栄えていた。通りには問屋や船役所が並び、岸には数十隻の川船がつながれていたというが、明治三十六年、奥羽本線が開通して、この繁栄は昔のものとなった。

今、高野一栄宅跡の隣に芭蕉真蹟の「さみだれを…」を発句とした歌仙碑がある。一栄

かつての大寺らしい境内を持つ向川寺

満々たる最上川。芭蕉は「あつめて早し」と詠んだが、大河を前にすると蕪村の「五月雨や大河を前に家二軒」の句も思い出される

五月雨《さみだれ》をあつめて早し最上川

の墓がある西光寺にも「五月雨を…」の句碑がある。初代の句碑は明治六年（一七六九）建立だが、今は昭和五十年建立の副碑が立つ。一栄が付けた脇句「岸にほたるをつなぐ舟杭」も、先の巻物の真蹟を拡大したものが立っている。

町の南東にある乗船寺《じょうせんじ》は釈迦涅槃《ねはん》像を安置する寺で、ここに高桑川水夫妻の墓がある。広い境内の本堂の前には、終戦直後から二年間、大石田に起居していた山形県出身の歌人、斎藤茂吉の墓がある。そして本堂裏手の垣を結った小庭園に、茂吉歌碑と正岡子規の句碑が立っている。

乗船寺の先で道を入れば最上川に架かる大橋に。大石田河岸は最上川舟運の中枢として賑わった。舟役所跡には往時の大門や堀蔵が再現された。

DATA

交通●山形新幹線大石田駅下車。尾花沢からはバス10分、国道13号線の尾花沢からは約3km。
エリア情報●大石田町産業振興課
☎0237（35）2111

二泊した風流宅跡

奥の細道300年記念に再現された氷室清水（左奥）と句碑

新庄

しんじょう

　芭蕉一行は、六月一日（新暦七月十七日）、大石田から羽州街道に出て猿羽根《さばね》峠を越えて新庄へ向かった。この峠は山刀伐峠のように長くはないが、やはり道中の難所といわれていた。峠の頂上付近は、わずかに旧道の面影をとどめている。

　新庄は戸沢氏八万石の城下町で、西の最上公園が居城跡である。芭蕉は一日から二日間、新庄の豪商、渋谷風流宅を宿としたが、原典には何も取り上げていない。しかし歌仙は巻いている。

　市街の南の端、奥羽本線の東に大きな木が見えるのが、昔の鳥越《とりごえ》の一里塚。その北寄りの地蔵屋敷と呼ばれる地に、氷室清水《ひむろのしみず》が復元されている。柳の清水ともいい、延命地蔵を祀り柳も二本植えて整備され、芭蕉の「水の奥氷室《ひむろ》尋《たずぬ》る柳哉」の句碑が、金沢八幡から移されている。この句は風流宅への挨拶句になっている。

　風流の宅跡は旧国道一三号線沿いの商店街の中にある。歌仙の連衆であった風流の本家渋谷盛信宅跡（盛信亭）は、同じ通りの斜め向かいにあり、共に標柱だけが立っている。なお、新庄市民プラザ前にも句碑がある。

市民プラザ前の句碑

DATA

交通●JR山形新幹線新庄駅下車。氷室清水まで車で10分。山形から国道13号線で約64km。

宿●市街地に旅館・ホテルが10軒。車で30分、最上川を見おろす高台にある新庄温泉もお勧め。

エリア情報●新庄市商工観光課

☎0233（22）2111

樹林の中にかかる一筋の白い流れ。最上峡下船場の対岸にある白糸滝

最上川《もがみがわ》

「最上川のぼればくだる稲舟のいなにはあらずこの月ばかり」。古今集東歌にあるこの歌から、東北地方有数の歌枕とされている最上川は、日本三急流の一つ。原典では「山形を水上とす」とあるが、実はもっと南の吾妻山中に発し全長約二二九キロ、これだけの長さがありながら山形県のみを流れるという〝母なる川〟である。

その急流のうちでも碁点《ごてん》、隼《はやぶさ》、三ケ瀬を三難所としたが、戦国末期に最上義光《よしあき》がここを開削、山形まで舟運を通し、さらに江戸時代には米沢領まで船で往来できるようになった。沿岸は米沢、新庄、鶴岡などの各藩領に天領もまじって複雑だったが、舟運は統一されていた。川船は大型で、下りは米や紅花、上りは塩や呉服が主な荷だったという。

この舟運は中世から開け、平泉へ落ちる源義経一行もこの川を船で遡ったことが『義経記』に見えている。平泉で義経の運命に涙した芭蕉だし、第一、最上川沿いには道もなかったのだから、船で下るのは当然であったろう。

本合海の芭蕉乗船の碑

　六月三日（新暦七月十九日）、好天に恵まれて新庄を出発、六、七キロ離れた本合海《もとあいかい》から乗船した。本合海は合川、鮎貝が古名で、近くに新しく清水河岸ができてから、「本」の字が付いた場所。本流は激しく湾曲し、北東から新田川が流入する地点である。

　今の舟下りは、交通手段ではなく完全な観光である。便数も多く、冬でも雪見船として運航している。乗船場は本合海下流の古口《ふるくち》で、ここには新庄藩の船番所が置かれていた。そのため、今の乗船場も番所を模した建物である。ここから草薙《くさなぎ》の下船場、最上川リバーポートまで約一二キロ、一時間の船旅は、両岸の自然を眺め、船頭の最上川舟唄を聞きながらの、のんびりしたもの。また、国道四七号線もずっと河畔を走っているから、好みで選ぶとよい。

　原典にある名勝は仙人堂と白糸滝で、共に義経ゆかりの地。仙人堂は中ほどの北岸で、ここに立ち寄る遊覧船もある。また、車なら対岸で止め合図の白旗を振ると、渡し船が迎えに来てくれる。ここは義経の家臣常陸《ひたち》坊海《かい》尊《そん》が隠れ住み、義経の事跡を語り伝えた地という。堂内には川船の絵馬や義経の書簡と伝えるものなどがある。広場と茶店があって、初夏には河畔はアジサイが群れ咲く。

　白糸滝はリバーポートの対岸。歌枕として歌集や『義経記』に和歌が伝わっている。落差一〇〇メートル、冬も水が涸《か》れず、細く一筋の水流を見せている。

　草薙から約五キロ、芭蕉一行は立谷沢《たちやざわ》川の合流する清川へ上陸した。手形の不備でトラブルはあったが、無事に上陸して、狩川経由羽黒山へ向かったのである。

　清川の関跡は清川小学校にある。一角に加藤楸邨筆の「五月雨を…」の句碑と芭蕉像が立っている。なお、ここは幕末の志士清河八郎の出身地で、資料を集めて展示した清河八郎記念館がある。

仙人堂には湧水がある

常陸坊が義経の事跡を語り伝えたという仙人堂

清川の関所跡

DATA

交通●JR陸羽西線古口駅下車。舟下りの乗船場まで徒歩10分。下船場のリバーポートから同線高屋駅まで徒歩20分、送迎車あり。仙人堂に寄るのは最上峡めぐり遊覧船。高屋から出航。舟下りは最上峡芭蕉ライン観光で予約を〔☎0233（72）2001〕。車は新庄から国道47号線で古口まで約19km。清川から羽黒山へ約16km。鶴岡へは約22km。

見学●清河八郎記念館／9時〜15時、月曜休。12〜2月休館。☎0234（57）2104

宿と食●草薙温泉に旅館2軒。古口、リバーポートに食堂、土産店がある。

エリア情報●戸沢村観光協会
☎0233（72）2111

羽黒山

六月三日、羽黒山《はぐろ》に登る。図司左《づしさ》吉《きち》と云《いふ》者を尋《たづね》て、別当代《べつたうだい》会覚《ゑかく》阿闍《あじや》梨《り》に謁《えつ》す。南谷《みなみだに》の別院《べつゐん》に舎《やど》して、憐愍《れんみん》の情《じやう》こまやかにあるじせらる。

四日、本坊にをゐて誹諧《はいかい》興行。

有難《ありがた》や雪をかほらす南谷

五日、権現《ごんげん》に詣《まうづ》。当山開闢《かいびやく》能除《のうぢよ》大師《だいし》は、いづれの代《よ》の人と云《いふ》事をしらず。延喜式《えんぎしき》に「羽州里山《うしうさとやま》の神社」と有《あり》。書写、「黒」の字を〔誤《あやまり》て〕「里山」となせるにや。羽州黒山《くろやま》を中略して、羽黒山《はぐろやま》と云《いふ》にや。出羽といへるは、「鳥の毛羽を此国の貢《みつぎ》に献《たてまつ》る」と風土記《ふどき》に侍《はべる》とやらん。月山《ぐわつさん》・湯殿《ゆどの》を合《あはせ》て三山とす。当時、武江東叡《ぶかうとうえい》に属《ぞく》して、天台止観《てんだいしくわん》の月明らかに、円頓融通《ゑんどんゆづう》の法《のり》の灯《ともしび》か、

羽黒山 はぐろさん

羽黒山、月山《がつさん》、湯殿山《ゆどのさん》の出羽三山のうち、最も参拝客の多いのが羽黒山だが、その門前町が手向《とうげ》。今も七、八月には白衣の講中（神社参りなどをする団体）が、出身地によって定められた宿坊へ向かう姿が見られる。宿坊の主人は先達《せんだつ》を兼ね、坊内の神殿でお祓《はら》いをし、木綿《ゆう》しめをかけて三山を案内する。芭蕉が訪れた頃には、約二キロの町並みに約三〇〇軒の宿坊があったとか。今は三〇軒余りで宿坊らしいたたずまいの家は少なくなったが、それでも三〇〇人も泊まれる大きな建物があり、独特なたたずまいだ。最もムードがあるのは桜小路あたり。

芭蕉は、まず紹介されていた呂丸《ろがん》（図司左吉）宅を訪れ、その案内で別当代の会覚《えかく》が住む南谷の紫苑寺《しおんじ》へ向かった。到着は六月三日の午後六時頃と思われる。呂丸宅跡は羽黒第一小学校の近くにある。また、烏崎《からすざき》稲荷神社の境内に呂丸の追悼碑があり、正面は呂丸の辞世「消《きえ》安し都の土ぞ春の雪」、そして芭蕉の「当帰《とうき》よりあはれは塚のすみれ草」を含む三句が彫ってある。

羽黒山、月山、湯殿山の三神をまつった三神合祭殿前の句碑

芭蕉の三山句碑は、宿坊大進坊の前。天宥《てんゆう》法印を悼んだ句碑が側にある。曾良日記にある「光堂」は、正善院前の黄金堂《こがねどう》（重要文化財）のこと。源頼朝が平泉討征の時、土肥実平に命じて建立したと伝える。山上の三神合祭殿を大金堂、ここを小金堂と呼んだことも。名のいわれは、三十三体のご本尊が金色に映えるからだそうだ。

芭蕉は三日夜から十日午前中まで出羽三山に滞在している。途中で月山から湯殿山を一泊二日で往復して南谷へ戻っているが、これ

げそひて、僧坊棟《むね》をならべ、修験《しゅげん》行法《ぎやうぼふ》を励《はげま》し、霊山霊地の験効《げんかう》、人貴《たふとび》且《かつ》恐る。繁栄長《とこしなへ》にしてめで度《たき》御山《おやま》と謂《いひ》つべし。

は大変な強行軍といえよう。

今は手向から、羽黒山経由月山八合目まで、湯殿山も仙人沢まで車が入るが、当時はすべて徒歩、一部に馬が使えた程度であった。現在でも徒歩で三山巡拝をする人は多いし、それが当然なのだが、ここでは交通機関

羽黒山中の石段と杉並木

大進坊前の三山句碑。「涼しさや…」ほか

羽黒山麓の参道沿いに立つ素木造りの五重塔。国宝建造物の風格が漂う

を利用して回るコースを紹介しよう。

まず羽黒山。羽黒山には出羽《いでは》神社（羽黒神社）、月山には月山神社、湯殿山には湯殿山神社が鎮座するが、後二社は冬に参拝できないので、羽黒山に三神合祭殿《がっさいでん》を設けた。そのため、何はさておき羽黒山に詣でなければならない。宿坊街の突き当たりが随神門。付近のいでは文化記念館は三山の文化、民俗を分かりやすく説明している。特に山伏の日常生活資料がおもしろい。ここから杉並木の中、約二キロ、二四四六段の表参道石段が一の坂、二の坂、三の坂と続き合祭殿まで達して

三神合祭殿前の鏡池には多くの古鏡が沈んでいた

山頂の芭蕉像

いる。登り五〇分、下り四〇分、登りは息が切れるし下りは膝《ひざ》のお皿が笑う急坂だが、せめて片道は歩きたい。石段道に入ってすぐのところに国宝の五重塔がある。室町初期の素木造である。

二の坂の上に茶店があるから、名物力餅を食べながらひと休み。茶店のすぐ上に芭蕉句碑三日月塚があり、その前を入ったところが芭蕉が滞在した南谷別院の跡。江戸初期に羽黒山中興の祖である五〇代別当天宥《てんゆう》が建てたが火災に遭い、再建されたばかりの院に芭蕉は泊まったのである。そういえば、両側の杉並木は樹齢三五〇～五〇〇年というから、芭蕉が訪れた頃はほんの芽生えだったわけだ。

南谷は山腹の巻き道を約五〇〇メートル行った谷の奥で、水たまりの多い湿地である。モミジやトチの大木の下に、古びた池と礎石が残るだけ。天然記念物カスミザクラの根元に、文化十五年（一八一八）建立の「有難や雪をかほらす南谷」の句碑がある。

三の坂の先にあるのが斎館《さいかん》。もとは先達の寺坊で華蔵院《けぞういん》と称していたところで、山内で昔の坊舎の遺構をとどめる唯一の建物である。宿坊があり精進料理が味わえる。

三神合祭殿まではあと一息。合祭殿は茅葺き屋根、朱塗りの重厚な大建築で、文政元年（一八一八）の建造。神仏習合の名残を色濃くとどめている。前は多くの古鏡が沈んでいた鏡池。羽黒山開山の蜂子《はちこ》皇子陵の前庭に、芭蕉の行脚像と三山句碑が立つが、これは月山登山道の野口にあったのを、昭和四十年にここへ移したもの。出羽三山歴史博物館も見学したい。博物館から茶店の並ぶ道を行けば羽黒山頂バスターミナルである。

DATA

交通●JR羽越本線鶴岡駅から手向へバス40分、羽黒センター下車。入口の随神門はすぐ。羽黒山頂へはさらにバス15分。

見学●いでは文化記念館／9時～16時30分（12～3月は9時30分～16時）、火曜休。☎0235（62）4727 ●出羽三山歴史博物館／4月中旬～11月下旬開館、8時30分～16時30分、木曜休（7～8月は無休）。☎0235（62）2355

宿●手向に旅館3軒、宿坊34軒。山頂付近に斎館と休暇村羽黒がある。

食●斎館の精進料理が名物、要予約〔☎0235（62）2357〕。

エリア情報●鶴岡市観光連盟
☎0235（25）2111

月山・湯殿山

八日、月山《ぐわつさん》にのぼる。木綿《ゆふ》しめ身に引《ひき》かけ、宝冠《はうくわん》に頭《かしら》を包《つつみ》、強力《がうりき》と云《いふ》ものに道びかれて、雲霧山気の中に、氷雪《ひようせつ》を踏《ふん》でのぼる事八里、更に日月行道《じつげつかうだう》の雲関《うんくわん》に入《いる》かとあやしまれ、息絶《いきたえ》、身こゞえて頂上に臻《いた》れば、日没《ぼつし》て月顕《あらは》る。笹《ささ》を鋪《しき》、篠《しの》を枕《まくら》として、臥《ふし》て明《あく》るを待《まつ》。日出《いで》て雲消《きゆ》れば、湯殿《ゆどの》に下《くだ》る。

谷の傍《かたはら》に鍛冶小屋《かぢごや》と云有《いふあり》。此国《このくに》の鍛冶、霊水を撰《えらび》て、爰《ここ》に潔斎《けつさい》して劔《つるぎ》を打《うち》、終《つひに》月山と銘を切《きつ》て世に賞せらる。彼龍泉《かのりようせん》に剣《つるぎ》を淬《にらぐ》とかや。干将《かんしやう》・莫耶《ばくや》のむかしをしたふ。道に堪能《かんのう》の執《しふ》あさからぬ事しられたり。岩に腰かけてしばしやすらふほど、三尺ばかりなる桜の、つぼみ半ばひらけるあり。ふり積《つむ》雪の下に

月山・湯殿山
がっさん・ゆどのさん

六月六日（新暦七月二十二日。原典では八日のこととしている）、芭蕉はいよいよ月山に登った。霊山だから、曾良日記によれば前日は「昼迄断食《だんじき》シテ注連《しめ》カク」である。そして当日は「天気吉」。弥陀ケ原《みだがはら》で昼食、山頂へ着いたのは午後三時半頃であった。当時、月山へ登る際には羽黒山を通らず、おわたり道といわれるルートを通るのが習慣であった。荒沢寺《こうたくじ》、野口を通る道で、相当に時間が短縮できる。

月山は標高一九八四メートル、七～九月は八合目のレストハウスまでバスが運行している。ここから弥陀ケ原まで徒歩一五分ほど、湿原に池塘《ちとう》が浮かび高山植物が美しい。芭蕉らは、ここからさらに、三キロ離れた東の谷間にある霊場東補陀落《ふだらく》へも往復したというのだから、大変な健脚である。

月山の頂上へは八合目から約二時間半、鳥

湯殿山入口には神仏混淆の名残か、鮮やかな鳥居が立つ

埋《うづもれ》て、春を忘れぬ遅ざくらの花の心わりなし。炎天《えんてん》の梅花、爰《ここ》にかほるがごとし。行尊僧正《ぎやうそん》の歌の哀《あはれ》も爰《ここ》に思ひ出《いで》て、猶《なほ》まさりて覚《おぼ》ゆ。惣《そう》而此山中《じてこの》の微細《びさい》、行者《ぎやうじや》の法式として他言《たごん》する事を禁ず。仍《より》て筆をとゞめて記さず。坊に帰れば、阿闍梨《あじやり》の需《もとめ》に依《より》て、三山順礼の句々、短冊《たんじやく》に書《かく》。

涼しさやほの三か月の羽黒山《はぐろやま》

雲の峯《みね》幾つ崩《くづれ》て月の山

語られぬ湯殿《ゆどの》にぬらす袂《たもと》かな

湯殿山《ゆどのやま》銭ふむ道の泪《なみだ》かな　曾良

海山や庄内平野の展望のよい道だが、登山の準備は必要。また、休暇村羽黒の近くに月山ビジターセンターがあり、出羽三山の地形や動植物を分かりやすく解説しているから、立ち寄ってから月山に向かうといい。

山頂には、石で築いた御室《おむろ》の中に月山神社を祀り、その二〇〇メートルほど先に句碑「雲の峯幾つ崩て月の山」が立つ。字は真蹟の短冊を拡大したもの。

芭蕉らは笹を敷いた山頂の小屋で、篠《しの》を枕にして一夜を明かしたのち、湯殿山へ向かった。鍛冶小屋、牛首、月光坂とたどるこの道は、多分、芭蕉当時の姿のままを残しているのだろう。牛首のあたりはニッコウキスゲやチングルマの美しい高原風景だが、月光坂は鉄鎖に頼る急坂である。約二時間半。直接、月山に登るなら、山形からバスを乗り継ぎ姥《うば》沢《ざわ》へ入り、リフト（四月上旬～十月下旬運行）で牛首下まで行って山頂へというルートもある。

湯殿山へは鶴岡から国道一一二号線経由で行くのが楽である。湯殿山バス終点（仙人沢）から、さらに専用バスで神社のすぐ近くまで入れる。

梵字川の河原に立つ湯殿塚

湯殿山。ご神体は仙人沢の谷間にあり撮影禁止

湯殿山神社は梵字《ぼんじ》川の谷間にあり、社殿はない。ご神体は赤茶色の巨岩で、上部から湯が流れている。参拝者は入口でお祓《はら》いを受け、素足になって湯で温まった岩を登ってお参りするのである。

手向の大聖坊さんに伺った話だが、出羽三山というのは「死と再生のお山」であり、湯殿山を出る時は生まれ変わっているのだそう。ご神体の巨岩から流れる湯で産湯《うぶゆ》をつかったことになるのだ。だから、上手の先祖供養堂に先に参り、死の世界を供養してから再生の世界を求めるのが順というものだとか。

河原の上手に湯殿塚と呼ばれる句碑がある。芭蕉の「語られぬ湯殿にぬらす袂かな」、曾良の「湯殿山銭ふむ道の泪かな」の二つ。ほかに斎藤茂吉の歌碑も立っている。

DATA

交通●月山へは羽黒センターから八合目までバス1時間（7～9月中旬）。鶴岡からバスもある。湯殿山へは鶴岡からバス1時間20分（4月下旬～11月上旬）、終点から専用バスか徒歩で湯殿山神社へ。

見学●月山ビジターセンター／4月～11月開館。8時30分～17時、月曜休。☎0235（62）4321

宿●月山八合目、山頂、姥沢に山小屋が、湯殿山には旅館「湯殿山ホテル」と参籠所がある。

エリア情報●鶴岡観光連盟 ☎0235（25）2111

鶴岡・酒田

羽黒を立《たち》て、鶴が岡の城下、長山《ながやま》氏重行《しげゆき》と云物《いふもの》のふの家にむかへられて、誹諧一巻有《はいかいひとまきあり》。左吉《さきち》も共に送りぬ。川舟に乗《のつ》て、酒田の湊《みなと》に下《くだ》る。淵庵不玉《ゑんあんふぎよく》と云医師《いふくすし》の許《もと》を宿《やど》とす。

あつみ山や吹浦《ふくうら》かけて夕すゞみ

暑き日を海にいれたり最上川

長山重行宅跡の句碑

長山重行宅跡

旅のガイド 3 鶴岡から村上へ

鶴岡 つるおか

月山、湯殿山巡拝で疲れた体を休め、かつ歌仙を巻いて三日間、南谷に滞在した芭蕉は、六月十日（新暦七月二十六日）午後一時半頃、羽黒を出発、「鶴が岡」へ向かった。鶴が岡は酒井氏十四万石の城下町で、今の鶴岡市である。この道筋はいわゆる羽黒街道で、当時は庄内の美田続きだったのだろう。

芭蕉が泊まったのは長山重行宅。長山氏は鶴岡藩士で、家は山王町の大昌寺脇にある長山小路にあった。今もこの小路はあり、道を入ると標柱と芭蕉句碑「めづらしや山をいで羽《は》の初なすび」が立ち、周辺は庭園風になっている。名産の民田茄子《みんでんなす》を詠んだ句で、民田は鶴岡市街の南郊にある。ここで作られるナスは親指の先ほどの小粒なもので、皮が薄くて歯切れがよい。

芭蕉乗船跡の付近。今は当時の面影はない

同じ句の碑は、表通り荒町角の日枝神社境内にもある。水たまりのような池の辺に立つ弁天祠の前である。

道筋を下ると内川に架かる大泉橋に出る。たもとに芭蕉乗船場の標柱が立つ。芭蕉は十三日にここから川船に乗り、酒田へ向かったのである。当時は、大泉橋ではなく、人形橋と呼んだらしい。

芭蕉のゆかりはこれだけだが、城下町の名《な》残《ごり》を見せる市街も回ってみたい。城跡の鶴岡公園は桜の名所。濠がわずかに昔をしのばせている。公園の一角には大正時代の洋館である大宝館が立ち、内部は鶴岡が生んだ人物の資料を展示している。

南東には藩校旧致道《ちどう》館が板塀に囲まれており、講堂、聖廟などが公開されている。西には致道博物館がある。ここに移築された建物では重要文化財の西田川郡役所、旧鶴岡警察署が木造の洋館。六〇里越街道沿いの集落田《た》麦俣《むぎまた》にあった多層農家が美しい屋根の反りを見せている。内部は庄内の民具コレクション。裏手へ回ると酒井氏庭園。もと藩主の別邸だった御隠殿《ごいんでん》と、鳥海山を借景にした林泉庭である。小ぢんまりしているが、閑寂な趣に富んでいる。

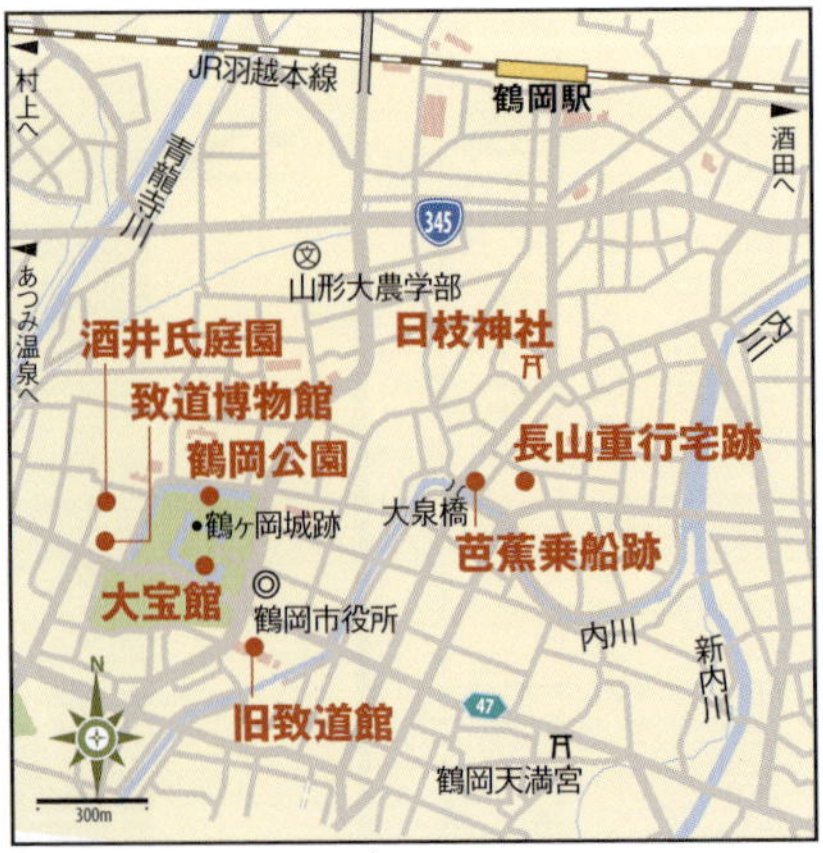

DATA

交通●JR羽越本線鶴岡駅下車。山形から山形自動車道で約95km。市内は徒歩で見物するなら約2時間。タクシーも便利。

見学●大宝館／9時～16時30分、月曜休。☎0235（24）3266　●旧致道館／9時～16時30分、月曜休。☎0235（23）4672　●致道博物館／9時～16時30分。☎0235（22）1199

宿●市内の旅館・ホテル約25軒。バス40分の地に湯野浜温泉があり、旅館約20軒。

エリア情報●鶴岡市観光連盟
☎0235（25）2111

日枝神社。境内の句碑「めづらしや…」は弁天堂の傍らに

日枝神社の句碑

内川に架かる大泉橋のたもとの芭蕉乗船跡

本町通りに面した近江屋跡

芭蕉が宿泊した、医師で俳号不玉の宅跡

酒田
さかた

六月十三日（新暦七月二十九日）、芭蕉は鶴岡内川乗船場から川船で酒田へ向かった。赤川を下ったのであるが、酒田のどのあたりに上陸したかは不明である。最上川の流勢が時代によって変化しているためで、渡船場が一定していないからである。とはいえ、赤川下りの船は、新井田川が最上川に合流する川岸、黒森茶屋あたりか、河口近くの宮野浦に着いたらしい。

酒田は戦国時代から発展した港町で、西の堺と共に自治組織を持って独立の一画をつくり、その組織である三十六人衆が、のちのちまで酒田の有力者となっていた。江戸初期に豪商、河村瑞賢が西廻り航路を開発してさらに繁栄し、その賑わいは芭蕉の同時代人である井原西鶴の『日本永代蔵』にも描写されている。当時の豪商としては、今の邸の残る鐙《あぶみや》屋を筆頭に、加賀屋、近江屋など三十六人衆が名を連ねている。

当時の酒田から積み出されたのは大部分が米、ついで大豆、紅花など。入荷するのは塩、木綿、木材。四～十一月までの間に約二五〇〇隻が入港したという。ちなみに酒田の人口は一万二六〇〇人ほどであった。

芭蕉がまず訪ねたのは伊藤玄順という町医であった。医号が淵庵、俳号が不玉である。その日は留守だったらしく、曾良日記には「明朝逢」と書かれている。では十三日はどこへ泊まったのだろうか、まったく不明である。そして、十五日から十八日までは象潟《きさかた》へ行っているので、二十五日に酒田を出発して帰途につくまで、実質九日間を酒田に滞在したことになる。

酒田市内の遺跡では、廻船問屋が一〇〇軒

庄内米の山居倉庫。芭蕉の頃はなかった

近くも並んでいたという本町通りにゆかりの宅跡が多い。不玉宅跡は中町の旧鐙屋の近く、近江屋は本間家旧本邸の近く、寺島彦助宅は市役所の北西、本町郵便局の向かい側あたり。当時、近江屋は三十六人衆の一人、三郎兵衛のことで、俳号玉志《ぎょくし》。この家に招かれて即興で詠んだのが「初真桑四《はつまくわよつ》にや断《たた》ン輪に切《きら》ン」で、真蹟の懐紙が本間美術館に収められている。

また、「暑き日を海にいれたり最上川」（初案＝涼しさや）は寺島彦助のところで、「あつみ山や吹浦《ふくうら》かけて夕すゞみ」は不玉のところで詠まれたもの。どれも酒田の商家の旦那衆を連衆とした歌仙の発句である。

井原西鶴の『日本永代蔵』にも登場した廻船問屋、旧鐙屋は市民会館の向かい側。建物は幕末のもので奥まで続く通庭、座敷、台所など典型的な町屋造として国指定史跡となっている。石置杉皮葺屋根が美しい。修復し、公開されている。

酒田といえば日本一の大地主本間家が有名である。最初に酒田に店を持ち、三十六人衆に加わったのは元禄二年頃というから、芭蕉が来遊した頃にもあったのだが、まだ後年のような大家ではない。本間家が台頭してくるのは三代目光丘の時代からで、盛時には田地三〇〇〇町歩、二七〇〇人の小作人がいたという。

本町通りに面した本間家旧本邸は、光丘が明和五年（一七六八）に建てたもの。二千石の旗本の格式を持つ書院造である。横手の道は石畳となり整備された。御成町の本間美術館は別宅だったところ。芭蕉関係の収蔵品もある。清遠閣という建物と庭園の鶴舞園がある。近代的な新館では、各種の美術展を開催している。

本間家には関係ないが、小ぢんまりした清《せい》亀《き》園もぜひ。大地主伊藤家の別邸で明治時代の築庭で、市の生涯学習施設として開放されている。

また新井田川河畔の山居倉庫《さんきょ》は、庄内米の倉庫として明治二十六年に建てられた。土蔵造りの十一棟は、ケヤキ並木と川とに良く映える。庄内米歴史資料館や物産館を併設している。

市街の北西、最上川河口の北岸にある日和《ひより》山《やま》公園は、歌碑、句碑、文学碑が多い公園である。芭蕉の先に挙げた俳句は三つとも句碑

日和山公園にある木造灯台

本間美術館の庭園は緑したたるばかり

になっている。中では、「あつみ山や…」の碑が天明八年（一七八八）建立と古い。

ほかに、不玉、蕪村、子規の句碑、斎藤茂吉の歌碑なども立つ。酒田の港や日本海の夕日の眺めが素晴らしい高台には、もと宮野浦にあった現存する日本最古の木造六角灯台が移築されており、園内の池には瑞賢当時の北前船が復元されて浮かんでいる。公園の一隅にある日枝神社も古社。すぐ隣には中海上人即身仏のある海向《かいこう》寺もある。

郊外へ出ると、飯森山《いいもりやま》公園に写真家の土門拳記念館がある。迫力ある写真も見応えあるが、鳥海山の眺めのよい苑地が美しい。アジサイが多いので、特に七月上旬がよさそう。

DATA

交通●JR羽越本線酒田駅下車。市内は徒歩で。タクシーなら1～2時間。観光地巡回バスが酒田駅～本間旧本邸～山居倉庫～土門拳記念館などを、1日5回走っている。7月中旬～8月中旬は毎日、他の月は土・日曜、祝日のみ運行。所要約30分。無料のレンタサイクルもある。鶴岡から国道7号線で約22km。庄内空港からはバス40分。

見学●旧鐙屋／9時～16時30分、12～2月の月曜休。☎0234（22）5001　●本間家旧本邸／9時30分～16時30分（冬は～16時）。☎0234（22）3562　●本間美術館／9時～17時（冬は～16時30分）。☎0234（24）4311　●清亀園／9時～22時（日曜は～17時）、月曜・祝日休。☎0234（23）0388　●庄内米資料館／9時～17時（12～2月は～16時30分）、月曜休。☎0234（23）7470　●海向寺／9時～17時（12～3月は～16時）。☎0234（22）4264　●土門拳記念館／9時～16時30分、12～3月の月曜休。☎0234（31）0028

宿と食●旅館など約15軒。庄内浜の活魚料理が美味。料亭、すし屋などで。

エリア情報●酒田観光物産協会　☎0234（24）2233

象潟

江山水陸《かうざんすいりく》の風光、数を尽《つく》して、今象潟《きさがた》に方寸《ほうすん》を責《せむ》。酒田の湊より東北の方《かた》、山を越《こえ》、磯《いそ》を伝ひ、いさごをふみて、其際《そのさい》十里、日影やゝかたぶく比《ころ》、汐風《しほかぜ》真砂《まさご》を吹上《ふきあげ》、雨朦朧《もうろう》として鳥海《てうかい》の山かくる。闇中《あんちゅう》に模索《もさく》して雨も亦《また》奇也《なり》とせば、雨後《うご》の晴色《せいしょく》亦頼母敷《たのもしき》と、蜑《あま》の苫屋《とまや》に膝をいれて、雨の晴《はるる》を待《まつ》。其朝《あした》天能霽《よくはれ》て、朝日花やかにさし出《いづ》る程に、象潟《きさがた》に舟をうかぶ。先《まづ》、能因嶋《のういんじま》に舟をよせて、三年幽居《みとせいうきょ》の跡をとぶらひ、むかふの岸に舟をあがれば、「花の上こぐ」とよまれし桜の老木《おいき》、西行法師の記念《かたみ》をのこす。江上《かうしやう》に御陵《みささぎ》あり、神功后宮《じんぐうこうぐう》の御墓と云《いふ》。寺を干満珠寺《かんまんじゆじ》と云《いふ》。此処《このところ》に行幸《みゆき》ありし事いまだ聞《きか》ず。いかなる事にや。此寺の方《はう》

象潟
きさかた

六月十五日（新暦七月三十一日）、芭蕉らは小雨の中、酒田をたって浜街道を象潟へ向かった。当時、象潟は松島と並ぶ名勝で、芭蕉の東北紀行の大きな目的地でもあったのである。

酒田から北へ、日本海岸の砂丘地帯を行くのが旧浜街道だが、この一帯は酒田北港として開発され、旧態をとどめていない。

曾良日記によれば、昼間から雨が激しくなったので、酒田から六里の吹浦《ふくら》で一泊している。吹浦（遊佐町）の海岸は今、松原続きの景勝地だが、この松林は宝永四年（一七〇七）に豪商、佐藤藤左衛門が私費を投じて植林したもの。芭蕉の当時はまだ飛砂の多い不毛の地であった。今、ここは温泉が開発され、松林の中に温泉館と宿泊施設がある。

吹浦港の北側に〝出羽二見〟といわれる景勝地の十六羅漢岩があるが、これも幕末に彫られたものだから、芭蕉の目には触れていない。手前の鳥居の立つ小岬に芭蕉の「あつみ山や…」の句碑があり、枝ぶりのよい松が茂っている。その先の岩礁が十六羅漢岩で、展

十六羅漢岩。背後には日本海の荒波がせまる

十六羅漢岩の句碑

丈《ちやう》に坐して簾《すだれ》を捲《まけ》ば、風景一眼《いちがん》の中に尽《つき》て、南に鳥海天をさゝえ、其《その》影うつりて江《え》にあり。西はむや〳〵の関《せき》、路《みち》をかぎり、東に堤を築《きづき》て、秋田にかよふ道遥《はるか》に、海《うみ》北にかまえて、浪打入《うちいる》る所を汐《しほ》ごしと云《いふ》。江《え》の縦横《じゆうわう》一里ばかり、俤《おもかげ》松嶋《まつしま》にかよひて、又異《こと》なり。松嶋は笑ふが如《ごと》く、象潟《きさがた》はうらむがごとし。寂しさに悲しみをくはえて、地勢魂《たましひ》をなやますに似たり。

象潟《きさがた》や雨に西施《せいし》がねぶの花

汐越《しほごし》や鶴はぎぬれて海涼し

祭礼

象潟や料理何くふ神祭　曾良

蜑《あま》の家《や》や戸板を敷《しき》て夕涼　みのゝ国の商人　低耳

大海ならぬ稲田の中の小丘だが、もとは島だった。鳥海山を眼前に象潟の初夏は緑が瑞々しい

小砂川海岸から臨む三崎峠

岩上に雎鳩《みさご》の巣をみる

波こえぬ契《ちぎり》ありてやみさごの巣

曾良

望スペースがあり東屋《あずまや》などが立つ。ここからの眺めは雄大で、句のとおり温海山《あつみやま》が一望できる。

吹浦を過ぎると三崎峠の難所。三崎とは、不動崎、大師崎、観音崎の三つの岬をいい、稜線を縫って「奥の細道遊歩道」があり、展望台も設けられている。ここにも文学碑がある。これは、曾良日記の「十六日吹浦ヲ立。……」の一節。九世紀頃、ここには蝦夷《えぞ》の侵入を防ぐ有耶無耶《うやむや》関が設けられていたというが、場所は特定できない。旧道沿いには一里塚や大師堂などが、樹齢一〇〇年を超すタブの林の中に点在する。鏡石《かがみいし》という人馬が踏んで黒光りしている小石も多い。徒歩で約三〇分だから、曾良日記にある難所をしのんで歩いてみたいところだ。

いよいよ秋田県、奥の細道最北の地象潟である。羽越本線の象潟駅前には、この最北の地の標柱が立ち、広場には「象潟や雨に西施がねぶの花」の句碑があるが、これは奥の細道記念切手二枚組を拡大したユニークなもの。ほかに「きさかたの雨や…」「ゆふ晴や桜に涼む波の花」「腰長や鶴脛《つるはぎ》ぬれて海涼し」の三句を記した文学碑もある。これは蚶満寺所蔵の真蹟懐紙の拡大である。

さて象潟の勝景。当時は、東西二・二キロ、南北三・三キロ、陸地が陥没した入江で、九十九島、八十八潟があった。象潟というのはこの入江の名で、町の名は塩越であり、南東の鳥海山《ちょうかいさん》（二二三六メートル）を借景として、風光美をうたわれたのである。しかし文化元年（一八〇四）の大地震で隆起して入江は陸地となってしまった。今も点々と見える松の茂る小丘が、かつての島である。これらの島には能因島、奈良島、弁天島などの名が付いている。かつての白波は稲穂の波にな

芭蕉が最も愛した象潟の欄干橋からの眺め。鳥海山が美しい

ったわけで、風景そのものは芭蕉当時とあまり変わっていない。でも、これが松島のような水面だったら、美観は数倍であろうと想像してみるのも楽しい。

　芭蕉もここへは船で来たらしく、雨もようだったこともあって二泊している。宿に予定していたところに泊まれず向かいの家に泊まったと、曾良日記にあるが、宿の能登屋跡、その向かいの向屋跡、いろいろ世話をした名主今野又左衛門宅跡、弟の嘉兵衛宅跡もあり、それぞれ標識が立っている。

　曾良日記に「所ノ祭」とあるのは、象潟川河畔の熊野神社で、祭りは今、五月に行われる。朱色の欄干《らんかん》が目立つ欄干橋（象潟橋）からは鳥海山の眺めがよく、芭蕉らも朝夕ここに立ってこの眺めを楽しんだことは、曾良日記に書かれているとおり。橋のたもとに船つなぎ石があって、入江を遊覧する船がここから出たという。

　国道を横断し、羽越本線の踏切を渡ると蚶《かん》満寺《まんじ》の参道。蚶満寺は昔、神功皇后が朝鮮半島出兵の帰りに寄ったという伝説があり、その際、皇后が持っていた干珠・満珠にちなんで干満珠寺と名付けられたもの。皇后の墓と伝えるものもあるという。

　国道からJRの踏切を渡り境内に入る。池を中心とした小苑地で芭蕉像と句碑、西施《せいし》の記念碑がある。西施は紀元前五世紀、中国は越《えつ》の人、詩文に嫋々《じょうじょう》とした美女ぶりをうたわれている。本堂の裏に抜けると、西行歌桜の碑、和歌は「きさかたの桜は波にうずもれて　花の上漕ぐ海士《あま》のつり舟」である。ほかに猿丸太夫姿見の井戸、芭蕉上陸地と伝える

欄干橋たもとの史跡、船つなぎ石

蚶満寺には、芭蕉句碑を覆うように立つイヌクスの巨木がある

蚶満寺にある舟つなぎの石

舟つなぎの石などがある。

一隅にイヌクスの巨木があり、その背後の小高いところに出世稲荷の小堂が祀られているが、芭蕉の「象潟の雨に西施がねぶの花（初案）」句碑はここに立つ。これは宝暦十三年（一七六三）、芭蕉七〇年忌に建てられたもの。境内はタブノキやツバキの常緑樹が茂り、鐘桜の前にはバショウも植えられている。このあたりは海流の関係で暖かく、桜の咲くのも早いとか。ゆかりのネムの木は七月が盛りという。

蚶満寺の芭蕉像と句碑

DATA

交通●JR羽越本線象潟駅下車。蚶満寺へ徒歩15分。三崎公園へはタクシー20分。十六羅漢岩は同線吹浦駅から車3分。酒田から国道7号線で吹浦、三崎公園を経て、象潟まで約37km。

見学●蚶満寺／8時30分～17時。☎0184（43）3153
●にかほ市象潟郷土資料館／9時～17時（11～2月は～16時）、月曜休。☎0184（43）2005

宿●象潟の町なかに旅館が約10軒。ほかに蚶満寺近くに公共の宿、サンねむの木がある。

食●象潟の夏ガキは7～8月が旬、町内の料理店で。

エリア情報●にかほ市観光協会
☎0184（43）6608

日本海に沈む夕日。やはり夏が最も壮大という。酒田港にて

温海
あつみ

芭蕉は、象潟からいったん酒田に戻り七泊して、浜街道を西へとった。

多くの俳句仲間に送られて酒田を出発したのは六月二十五日（新暦八月十日）、その日は大山に泊まった。大山には航海安全の守りで有名な善宝寺があるが、参ったとも何とも曾良も書いていない。

大山から海岸の三瀬へ出て、あとは海浜沿いに、波渡崎《はとざき》、堅苔沢《かたのりざわ》、記念碑の立つ鬼かけ橋、塩俵岩、立岩などの岩礁に波の砕けるのを見ながら進む。この道は、「おばこおけさライン」と愛称のある国道七号線だ。塩俵岩は、その名のように大きな俵を積み上げたような岩。玄武岩の柱状節理が横に重積したものである。海ぎわに駐車場があり、その一隅に大きな「あつみ山や…」の句碑が立っている。その南三〇〇メートルが暮坪《くれつぼ》の立岩。海中にそばだつ大岩である。

温海《あつみ》は街道筋に細長く続く町並み、芭蕉はJRあつみ温泉駅より北の、街道に面した鈴木所（惣）左衛門宅に泊まった。ここに「芭蕉宿泊の家」の標識が立っている。

国道7号線沿いにある念珠ケ関の跡

出羽越後の国境として重要な役目をした念珠ケ関の門が復元されている

芭蕉は訪れていないのだが、ここから温海川沿いに約三キロ、山間に入ったところが湯温海《ゆあつみ》（温海温泉）で、曾良は寄り道している。昔から名湯として名高く、湯は豊かで、今は旅館が二〇軒近くある温泉郷である。

温泉街の東端、丘の上に熊野神社があり、石段の上に芭蕉碑が立つ。これは、芭蕉が温海温泉に立ち寄らなかったことを残念がった温海の人々が、供養碑として建てたもの。上が失くなっていて、かすかに「蕉碑」と読める。

温海温泉といえば朝市が名物で、今も温泉街中央の朝市広場で開かれる。朝五時頃から始まり、八時頃まで。山菜、キノコなどが主な物産品。

温海から約八キロで鼠《ねず》ケ関。古代には、白河、勿来《なこそ》と共に奥州三関とうたわれた念珠《ねず》ケ関の地で、江戸時代には庄内と村上両藩境、現在でも山形と新潟の県境となっている。古代の関所跡はJR鼠ケ関駅の南にあり、昭和四十三年の発掘調査で、柵列や建物の跡、製鉄跡、土器の窯跡などが発見されている。

また、藩政時代に庄内藩が設けた関所は何度も移動したらしいが、今の七号線沿道に「関跡」の門が復元されている。周辺の整備も進み、史跡らしくなっている。

また、小さい岬となった弁天島には、義経、弁慶一行が平泉へ赴く際に上陸したという話があり、記念碑がある。ここにも『勧進帳』の安宅《あたか》の関同様のエピソードが伝わっている。現在は海水浴場として人気がある。またマリーナやビーチセンターがあり、民宿も多い。

DATA

交通●JR羽越本線あつみ温泉駅下車、温泉へバス6分。鶴岡から国道7号線経由で温泉まで約30km。念珠ケ関跡へは鼠ケ関駅から徒歩10分。

宿●温海温泉に萬国屋やたちばなやなど定評のある旅館が約14軒。

食・特産●名物には関川のしな織、紅色のあつみカブの漬物などがある。

エリア情報●あつみ観光協会
☎0235（43）3547

雄大な流れを見せる三面川

国の名勝天然記念物、笹川流れ

村上
むらかみ

鼠《ねず》ケ関を越えると越後の国である。そして浜街道は山北町で藤木川に沿って山間に入っていく。今の国道七号線の走る道である。海岸は険阻な笹川流れで昔は通れなかったのだろう。三面《みおもて》川を渡ると再び道は海岸に出て、村上に着く。当時の村上は、榊原《さかきばら》十五万石の城下町で、藩の筆頭家老榊原帯刀《たてわき》の父に曾良がかつて仕えたゆかりがあった。芭蕉は「暑湿《しよしつ》の労に神《しん》を悩まし、病《やまい》おこりて」原典に何も記していないが、曾良は旧知の人々を訪ねたりしている。

　芭蕉らの村上到着は六月二十八日（新暦八月十三日）で、久左衛門という宿に二泊している。久左衛門の家は井筒屋といい、現在は明治の町家の風情がある宿とカフェを営業している。曾良が挨拶に訪れた帯刀邸は、大手門跡の側、市役所の立つ地にあった。旧制村上中学の門が残っているのが、近代的な市役所の建物に不思議に似合っている。

　ここから見える山が、村上城のあった臥牛山。石垣が残るだけだが、日本海の展望はいい。また、榊原家菩提寺の泰叟院《たいそう》は浄念寺となり、後の藩王間部《まなべ》詮房《あきふさ》の墓所がある。市内には武家屋敷も幾つか残り、うち若林家は公開されている。

　曾良が訪れたと記している瀬波は、三面川河口の漁村。今は南に温泉が湧き、瀬波温泉として知られるようになった。漁村といっても港町としては結構栄え、遊女町などもあったらしい。

　今の瀬波温泉から四キロほど南へ行くと、漁港として知られる岩船町に出る。ここの式内社石船神社の境内には、阿倍比羅夫《ひらふ》が蝦夷を防ぐために築いた磐船柵《いわふねのき》跡の碑が立ち、そ

石船神社の本祭。豪壮な山車が見どころ

の前に「文月や…」の芭蕉句碑が、皇太子と雅子妃ご成婚記念樹と並んでいる。村上は雅子妃ゆかりの地なのである。社殿は大きな赤い鳥居をくぐり石段を登った小高い地にある。この鳥居の脇にも芭蕉の「花咲て七日鶴見る麓かな」の句碑。社殿の周囲はヤブツバキの群落で、三月には赤い花が見事である。

村上には、伝統工芸の堆朱《ついしゅ》細工の工芸館、藩政時代から盛んだった三面川の鮭漁資料を展示したイヨボヤ（鮭のこと）会館などもあり、秋の鮭料理と併せて訪れる観光客が多い。

DATA

交通●JR羽越本線村上駅下車。市街は徒歩でも回れるが、タクシーだと約2時間。瀬波温泉へはバス10分。温海から山間の国道7号線経由で約55km。海沿いの345号線は景勝地笹川流れを通るので眺めがよい。

見学●石船神社／☎0254（56）7010　●村上堆朱工芸館／8時30分～17時。☎0254（53）2478　●イヨボヤ会館／9時～16時30分。☎0254（52）7117　●村上市郷土資料館（おしゃぎり会館）・若林家／9時～16時30分。☎0254（52）1347

宿と食●瀬波温泉の旅館は設備がよく、海の眺めも抜群。約10軒。鮭料理は10～12月がシーズンで、料理は多彩、新多久や吉源などの料亭がよい。鮭の加工品は喜っ川が老舗。

エリア情報●村上市観光協会
☎0254（53）2258

飯坂温泉

日本武尊の東征伝説が残る歴史ある温泉。
共同浴場の湯めぐりで心と体の疲れをじっくり解きほぐす

芭蕉の嘆きも今や昔。飯坂温泉の象徴、鯖湖湯は風雅な佇まい

福島県の飯坂温泉は宮城県の鳴子・秋保とともに奥州三名湯に数えられている。阿武隈川の支流・摺上川の両岸を中心に温泉街が作られている。日本武尊が東征の折に立ち寄ったという伝説が残るほどの歴史ある温泉地で、西行もこの地を訪れ、「あかずして　別れし人のすむ里は　左波子（さばこ）の見ゆる　山の彼方か」と詠んだ。このことから飯坂温泉は古くから「さばこ」と呼ばれるようになったという。

芭蕉が立ち寄った元禄時代は、まだ小さな温泉地だったようで、運悪く貧相な宿に泊まったようである。土間に筵を敷いただけで、蚤や蚊にくわれたなど、散々な書きようだが、自身の体調も優れなかったこともあり、いくぶん誇張された表現であったように感じる。

元湯にあたる共同浴場・鯖湖湯があり、ヒバやケヤキなどで造られた湯屋は明治時代の建物を再現した風雅な佇まいである。御影石の浴場には東北の温泉らしく、約五一度という高い湯が湧く。弱アルカリ性の単純温泉は肌になめらかだ。

温泉街には鯖湖湯を含め九カ所（現在は八カ所、「波来湯」が休業中）の共同浴場があり、お国訛りの会話が飛び交うふれあいの場として親しまれている。いずれの湯もとにかく熱い。入れない場合は常連客に断って水で適温にするとよい。

現在、飯坂温泉では「いで湯とくだものの里」と銘打ち、「くだものの木オーナー制度」を始めている。モモ、リンゴ、ブドウ、ナシの四種類の木を年間契約でオーナーになり、人工授粉や摘果、収穫などが体験できる。もちろん、果実はすべてオーナーのものである。さらに加盟旅館の宿泊も割引になるという。

春には温泉とモモやオウトウ、リンゴなどの美しい花見を楽しみ、季節ごとに収穫した豊潤な果実を味わう。フルーツ王国・福島ならではの夢のある企画といえる。

右／飯坂の発祥といわれる鯖湖湯
左／蔵造りで風情のあるなかむらや

鯖湖湯●6時～22時、月曜休、200円。☎024（542）2121（パルセいいざか）
交通●福島交通飯坂温泉駅下車、徒歩5分。
エリア情報●飯坂温泉観光協会 ☎024（542）4241

DATA
泉質■単純温泉
効能■疲労回復、冷え性、神経痛など

第三章

新潟から大垣へ

出雲崎、芭蕉園の芭蕉像

奥の細道原典

越後路

酒田の余波《なごり》日を重《かさね》て、北陸道《ほくろくだう》の雲に望《のぞむ》。遥々《はるばる》のおもひ、胸をいたましめて、加賀の府まで百卅里と聞《きく》。鼠《ねず》の関をこゆれば、越後の地に歩行《あゆみ》を改《あらため》て、越中の国市《いち》ぶりの関に到《いた》る。此間《このかん》九日《ここのか》、暑湿の労に神をなやまし、病おこりて事をしるさず。

文月《ふみづき》や六日も常の夜には似ず

荒海や佐渡によこたふ天河《あまのがは》

旅のガイド 1

新潟から倶利伽羅峠へ

新潟・弥彦

にいがた・やひこ

松島、平泉、象潟を頂点とした芭蕉の〝みちのく紀行〟は、鼠ケ関《ねずがせき》で一応の完結をみたといえようか。

とはいえ加賀の府、金沢までは北陸道をさらに一三〇里、芭蕉は旅の疲れで「暑湿の労に神をなやまし、病おこりて事をしるさ」なかった。しかも曾良日記によれば一五日かかっているのに、「此間九日」としてしまったのにはさまざまな説があるが、それはひとまず措くことにしよう。

曾良日記によれば、七月一日（新暦八月十五日）、村上をたち、中条《なかじょう》町の乙宝寺《おっぽうじ》に立ち寄ったあと新潟入りした。乙宝寺は杉の巨木に囲まれたひっそりした寺で、本堂は焼失したものの、元和六年（一六二〇）建立の三重塔は、芭蕉も仰ぎ見たに違いない。参道の途中には芭蕉句碑があるが、奥の細道とは関係がない。「うらやまし浮世の北の山桜」の句から、かつては桜塚と呼ばれたが、今は浮世塚と呼んでいる。

新潟で一泊し、翌日は弥彦《やひこ》神社に参詣した。うっそうとした杉やケヤキの森の中に本殿を構えるこの神社は、延喜式神名帳に名神大社として挙げられている古社で、越後国一

乙宝寺の句碑

遠く佐渡ケ島を臨む日本海の落日

芭蕉も参詣した弥彦神社

宮である。ご神体は背後の弥彦山（六三八メートル）。門前は旅館や土産物店が並ぶ弥彦温泉街である。ロープウェイで弥彦山上に登ると、日本海上に浮かぶ佐渡ケ島がくっきり見え、手前の越後七浦の海岸線や越後山脈の雄大な眺望が楽しめる。

DATA

交通●乙宝寺へはJR羽越本線中条駅からバス30分。弥彦神社へはJR弥彦線弥彦駅下車、徒歩15分。弥彦山ロープウェイ（神社から山麓駅まで徒歩15分）は山上まで5分。北陸自動車道三条燕ICから弥彦へ15km。

宿●弥彦温泉に旅館8軒ほど。近くの岩室温泉には名旅館が多い。旅館は7軒ほど。

エリア情報●弥彦観光協会
☎0256（94）3154

芭蕉園の東屋で一句ひねろうか

芭蕉の俳文「銀河ノ序」の文学碑

出雲崎
いずもざき

七月四日の朝に弥彦を出発。途中に寺泊町の西生寺《さいしょうじ》で弘智法印の即身仏（ミイラ）を拝観し、「ノズミト云浜へ出テ」（曾良日記）、出雲崎へ着いた。野積《のづみ》浜は今、越後七浦シーサイドラインの走る景勝地。原典の越後路の最後に記された、有名な「荒海や…」の句は、ここから出雲崎のあたりで想を得たといわれている。

芭蕉当時の出雲崎は、越後の天領七万石を治める代官所が置かれていた。かつ佐渡の金山をも支配し、金の陸揚げ港として繁栄していたという。芭蕉はここで、大崎屋という旅籠に泊まったと伝えられている。大崎屋の跡は旧北国街道沿いの浄厳寺保育園の近くに標識が立つ。狭い道の両側には古い民家が軒を並べ、いかにも旧街道らしい風情である。

芭蕉園はすぐ先で、芭蕉がこの地を訪れたことを記念して作られた小公園。芭蕉が出雲崎に泊まったときの体験をもとにして書いた俳文で、「荒海や…」の句を含む『銀河ノ序』が、芭蕉の筆跡のまま碑になっている。この碑は宝暦五年（一七五五）の建立で、磨滅して判読できないので隣に副碑が建てられた。芭蕉園には平成元年に建てられた芭蕉像もある。

ここから西へ二〇〇メートルほど、「誹諧伝灯塚」という解説板のある路地を入り、九〇段の階段を登ると妙福寺。山門をくぐったところにある松の木の根方に、「荒海や…」の句を刻んだ御影石の碑が立っており、ここからの日本海、出雲崎港の眺めは素晴らしい。

出雲崎はまた、芭蕉がここを通過してから約七〇年のちに生を受けた、良寛《りょうかん》の生誕地

出雲崎は良寛生誕の地として知られている

としてあまりにも有名だ。

「良寛和尚誕生の地」碑が立つ良寛堂や、遺墨・遺品をはじめ、良寛に関する文献などを多数展示している良寛記念館は訪ねたい場所。記念館は高台の良寛と夕日の丘公園に隣接している。

国道三五二号線の海側にできた道の駅天領の里もひと休みによいところ。ここの天領出雲崎時代館は、天領で賑わった町並みや白洲《しらす》を復元した施設、物産センターや食事どころもある。日本海へ約一二〇メートル突き出した観光ブリッジ夕凪《ゆうなぎ》の先端、展望台からは、佐渡がひときわ近くなった感じ。

国道を挟んだ南側には石油記念公園がある。日本で初めて掘削機を導入した油田跡につくられた公園で、敷地内に立つ石油記念館の陳列物も見ごたえがある。

芭蕉が出雲崎をたち、柏崎を経て直江津に着いたのは七月六日、つまり七夕祭の前日である。この夜、土地の俳人たちとの句会の席で詠んだ句が「文月や…」。翌日の聴信寺での句会、あるいは八日、高田での俳席で「荒海や…」の句は披露されたらしい。上越市直江津海岸近くの琴平神社境内に「文月や…」の句碑が立っている。

また、上越市高田金谷山公園の割烹対米館の庭や、五智《ごち》国分寺境内にも句碑がある。こちらの句は「薬欄《やくらん》にいづれの花をくさ枕《まくら》」で、高田の俳席での発句である。

DATA

交通●JR越後線出雲崎駅下車、バス15分で良寛堂。上越新幹線長岡駅、北陸本線柏崎駅から出雲崎までバス各1時間。関越自動車道長岡ICから国道352号線で約22km。
見学●芭蕉園／出雲崎町大字住吉町556　●良寛記念館／8時30分～17時（冬期は9時～16時）。☎0258（78）2370　●良寛と夕日の丘公園／8時30分～17時　●天領出雲崎時代館・石油記念館／9時～17時、水曜休。☎0258（78）4000
宿と味●旅館・民宿が10軒ほど。魚介の土産店、料理店は安くて美味と評判。
エリア情報●出雲崎町観光協会
☎0258（78）2291

親不知・市振

今日は、親しらず子しらず・犬もどり・駒返《こま》しなど云《いふ》、北国一の難所《なんじよ》を越《こえ》てつかれ侍《はべ》れば、枕引《まくらひき》よせて寝《ね》たるに、一間隔《ひとまへだて》て面《おもて》の方に、若き女の声二人斗《ばかり》ときこゆ。年老《おい》たるおのこの声も交《まじり》て物語するをきけば、越後の国新潟と云《いふ》所の遊女成《なり》し。伊勢参宮するとて、此《この》関までおのこの送りて、あすは古郷にかへす文《ことづて》した、めて、はかなき言伝《ことづて》などしやる也《なり》。「白浪《しらなみ》のよする汀《なぎさ》に身をはふらかし、あまのこの世をあさましう下《くだ》りて、定めなき契《ちぎり》、日々の業因《ごふいん》、いかにつたなし」と物云《いふ》をきく〱寝入《ねいり》て、あした旅立《たびたつ》に、我〱にむかひて、「行衛《ゆくへ》しらぬ旅路のうさ、あまり覚《おぼ》束《つか》なう悲しく侍《はべ》れば、見えがくれにも御跡《おんあと》をしたひ侍《はべら》ん。衣《ころも》の上の御《おん》

難所を越えた目印となっていた海道の松

親不知・市振　おやしらず・いちぶり

七月十二日（新暦八月二十六日）、能生《のう》をたった芭蕉は、途中の早川でつまずいて着物を濡らし、河原で干したりしながら、糸魚川を通り、難所である親不知を越えて、夕方には市振に着き、宿を桔梗屋《ききょうや》にとっている。

北アルプスの北端が日本海に落ち込み、四〇〇～五〇〇メートルの断崖が続く親不知海岸。切り立った崖下の波打ち際を北陸街道が一三キロにわたって続き、当時は海が荒れると通行できなくなる難所であった。

現在の国道八号線は、崖の上部を通るトンネルとシェルターの続く道で、トラックの通行が多く、景色をゆっくり見てはいられない。しかし、親不知観光ホテルの脇から海岸線へ下りる遊歩道があるので、これを下れば波打ち際に出られる。下り七分、上り一〇分。ただし相当に急坂だし、海岸は今も荒天のときなどは危険なので注意が必要。

むしろ、ホテルの裏へ回り、天険トンネルの西口へ出るコミュニティロードを歩くほうが眺めがいい。入口近くには、北アルプス登山の発展に貢献したウォルター・ウェストン像のある展望台があって、壁面には海から見た親不知の崖が描かれている。海のかなたには左に能登半島、右に佐渡ケ島が大きく横たわり、雄大な眺め。北陸自動車道の親不知インターチェンジは少し東寄りで、その橋脚下を利用した親不知ピアパークには、おさかなセンターやレストランがある。

親不知側の海岸から市振の町並みに入る手

情《なさけ》に、大慈《だいじ》のめぐみをたれて、結《けち》縁《えん》せさせ給《たま》へ」と泪《なみだ》を落《おと》す。不便《ふびん》の事には侍れども、「我〱は所々にてとゞまる方《かた》おほし。只《ただ》人の行《ゆく》にまかせて行《ゆく》べし。神明《しんめい》の加護かならず恙《つつが》なかるべし」と云捨《いひすて》て出《いで》つゝ、哀《あはれ》さしばらくやまざりけらし。

一家《ひとついへ》に遊女もねたり萩《はぎ》と月

曾良にかたれば、書《かき》とゞめ侍る。

長円寺の「一家に…」の句碑

前に、高さ三〇メートルもあろうかという海道の松が立っている。傍らの解説板によると、昔、北陸道を西に向かう旅人は、一〇キロ以上にわたる波間を命がけでかいくぐり、この海道の松にたどり着くと、ようやくホッとして市振の宿に入ったのだという。芭蕉は、親不知については「北国一の難所《なんじょ》を越《こえ》て…」としか触れていないが、ここに来て安堵したであろうことは想像にかたくない。

　市振の集落へは市振駅を出て東へ七〇〇メートルほど。旧街道沿いにひっそりと古い家並みが続く。市振小学校のグラウンドの中央に樹齢二五〇年というエノキの大木がポツンと立っており、道路沿いに市振の関跡の立て札がある。江戸時代、関所の建物は海と背後の山を結び、完全に道をふさいで建てられており、特に「入鉄砲と出女」を厳しく取り締まったという。なお、芭蕉は市振を「越中の国」と書いているが、実はまだ越後である。

　郵便局と海道の松の中間あたり、弘法の井戸と呼ばれている井戸の斜め向かいの道を入り、国道の下をくぐりぬけると長円寺。海を背にして「一家に遊女もねたり萩と月」と句を刻んだ丸みを帯びた石の碑が立っている。書は新潟出身の相馬御風。また、芭蕉らが泊まったという旅籠《はたご》桔梗《ききょう》屋の跡は、郵便局から西へ三〇メートルほどの向かい側。今はその前に解説板が立っているのみである。

　ところで芭蕉は、この地で伊勢参りの途中だという遊女らと同宿になる。そして「一家に…」の句となるわけだが、芭蕉がここ市振に至るまで越後路の記述を思い切って省いたのは、この遊女たちとの出会いのシーンをより際立たせたかったからだ、という説が有力のようだ。また、このときのことが曾良日記に書かれておらず、この句を曾良が書き留めたものも見つかっていないことから、遊女とのくだりそのものがフィクションだという見方も根強い。

DATA

交通●JR北陸本線親不知駅下車、展望台まで徒歩1時間。親不知ピアパークへは徒歩10分。市振へは市振駅から徒歩5分。北陸自動車道親不知ICから約3km、市振までは約10km。

見学●親不知ピアパーク／☎025（561）7288

宿●眺めのよい親不知観光ホテルのほか、青海、市振に旅館・民宿が10数件。

エリア情報●糸魚川市商工観光課 ☎025（552）1511

波の間を走り抜けたという親不知の険路も今は昔の話に

放生津八幡宮「わせの香や…」の句碑

奈呉の浦

くろべ四十八《しじふはつ》か瀬とやか、数しらぬ川をわたりて、那古《なご》と云《いふ》浦に出《いづ》。担籠《たこ》の藤浪《ふぢなみ》は春ならずとも、初秋の哀《あはれ》とふべきものをと、人に尋《たづぬ》れば、是《これ》より五里、いそ伝ひして、むかふの山陰《やまかげ》にいり、蜑《あま》の苫《とま》ぶきかすかなれば、蘆《あし》の一夜《ひとよ》の宿かすものあるまじと、いひをどされて、かゞの国に入《いる》。

わせの香や分入《わけいる》右は有磯海《ありそうみ》

奈呉の浦
なごのうら

七月十三日（新暦八月二十七日）、市振をたった芭蕉らは「くろべ四十八か瀬とやか、数しらぬ川」を渡って、奈呉の浦へ向かう。急峻な山からたちまち海に注ぐ黒部川は、当時名うての暴《あば》れ川で、ちょっとまとまった雨が降るとすぐ氾濫した。それで川筋がいくつもあったようで、芭蕉は人足を雇って川を越えている。翌日、高岡を通って奈呉の浦に着く。奈呉の浦は、現在の射水《いみず》市。高岡から、土地の人が「万葉電車」と呼ぶ万葉線で三〇分ほど。

奈呉の浦の東、新湊漁港に近い放生津《ほうじょうつ》八幡宮は、天平十六年（七四六）に越中国司として赴任中の大伴家持《おおとものやかもち》が、奈呉の浦の風光を愛《め》でて、豊前《ぶぜん》の宇佐八幡宮から分霊を勧請したのが始まりという古社である。華麗な曳山まつりで知られる。金色の「八幡宮」の額を掲げた大鳥居をくぐると、樹齢数百年の松の大木に囲まれた広い境内の隅に、「わせの香や…」の句碑がある。

社殿の裏手に回ると、老松の根方に「奈呉之浦」の標柱が立っている。新しい漁港ができる以前は、ここが堤防であった。はるか松原のかなたに水平線が臨めるが、付近はずっとコンクリートの岸壁が続き、砂浜は見当たらない。

ここは、大伴家持が「東風《あゆのかぜ》いたく吹くらし奈呉の海人《あま》の　釣する小舟こぎ隠るみゆ」（『万葉集』）をはじめ、数多くの歌を詠んだことで古くから歌枕の地として知られている。曾良日記に「ナゴ・二上山・イハセノ等ヲ見ル」とあるように、芭蕉もこれらの歌にひかれて、ここ奈呉の浦に立ち寄ったのであろう。

有磯海《ありそうみ》もまた歌枕だが、富山湾の総称とする説と、氷見《ひみ》に近い雨晴《あまはらし》海岸あたりとする説とがある。高岡市の二上山《ふたかみやま》は家持の像が立つ古代からの神の山。今は車道があるが、芭蕉は山上へ登ったのだろうか。

新湊は、はるかに立山連峰を仰ぎ、潮の香が鼻をくすぐる漁港の町。市内には、安くて新鮮な魚介が味わえる店も多い。〝海の貴婦人〟帆船海王丸が係留される海王丸パークにもいきいき魚センターがあり、人気を集めている。

芭蕉も歩いた旧北陸道には樹齢一〇〇年を

大伴家持ゆかりの放生津八幡宮

超す松があちこちに残り、市内には古い家並みも多い。また、富山新港に注ぐ放生津内川に架かる一五の橋は、それぞれ趣向を凝らしている。新町口駅近くの神楽橋は欄干にステンドグラスをはめ込んだ珍しい橋。ほかに彫刻を飾る山王橋、屋根のある東橋などがあり、橋めぐりも楽しい。

DATA

交通●JR北陸本線高岡駅から加越能鉄道万葉線で中新湊駅下車、奈呉の浦へ徒歩15分。北陸自動車道小杉ICから約10km。

見学●海王丸パーク／9時30分～17時（乗船できる時間帯は季節によって異なるので、事前に確認）、月曜・国民の祝日の翌日休。☎0766（82）5181

エリア情報●射水市観光・ブランド課
☎0766（82）1958

倶利伽羅峠
くりからとうげ

越中と加賀の境が倶利伽羅峠。ここを越えれば金沢だ。「わせの香や…」の句は、この峠で見た光景である。芭蕉は田植えの頃に江戸を離れたが、奥州をぐるっと回ってここまで来ると、早稲《わせ》の香が匂う季節になっている。思えば長い旅をしてきたものだと、感慨深かったのだろう。そこからは有磯海が見渡

峠にある「あかあかと…」の句碑

整備された猿ケ馬場

せる。

『源平盛衰記』にもあるように、倶利伽羅峠は、源平の古戦場。破竹の勢いで越中に進出した木曾義仲は、三万の軍勢で倶利伽羅峠に陣を張り、平家七万の大軍を待ち受けた。義仲は、数百頭の牛の角に焚松《たいまつ》をしばりつけ、「火牛」として平家の軍に向けて放つと、虚をつかれた平家の軍勢は、なだれ込むように谷底に落ちていき、義仲軍の大勝利に終わったという。

峠へは、県道二七四号線の石坂から源平ラインと呼ぶ市道を登っていく。倶利伽羅峠の頂上の猿ケ馬場《さるがばんば》は、ふるさと整備事業で芝生や樹木が植えられ、倶利伽羅県定公園となっている。芭蕉の句碑寝覚塚は八重桜の下にあり、「義仲の寝覚《ねざめ》の山か月悲し」である。実は越前燧《ひうち》ケ岳《たけ》で詠んだ句であるが、義仲の戦歴で最も輝かしい勝利を収めたこの地に立っているのが、誠にふさわしい。碑は宝暦年間（一七五一～六三）の建立だが、風化が激しく、文政四年（一八二一）に再建したものだ。

ブナ林の中には「源平古戦場猿ケ馬場」の碑が高く立つ。猿ケ馬場は平維盛《これもり》を将とする平氏の軍が布陣した地である。一方の義仲の本陣は、東麓の埴生《はにゅう》八幡宮だったといわれている。少し先に二頭の火牛の像があるのが微苦笑もの。

道の向かい側には二つの石碑があり、左が『平家物語』、右が『源平盛衰記』、倶利伽羅合戦の章が刻んである。近くには日本三大不動の一つとされる倶利伽羅不動寺があり、境内の雰囲気はなかなかいい。

この倶利伽羅峠一帯は〝加越の吉野山〟と呼ばれる八重桜の名所でもある。この桜は昭和の花咲じいさんこと、高木勝巳翁夫妻の二五年にわたる努力の賜《たまもの》だという。一年に五〇〇本、計七〇〇〇本の桜苗を植えて守り育ててきた。四月下旬の花盛りを見る人は、高木翁に感謝を捧げてほしい。

DATA

交通●JR北陸本線倶利伽羅駅から徒歩50分。タクシー利用なら津幡駅下車、約20分。北陸自動車道小矢部ICから約9km。
エリア情報●小矢部市商工観光課
☎0766（67）1760

小松と云《いふ》所にて
しほらしき名や小松吹萩《ふくはぎ》すゝき

一笑を惜しんだ「塚も動け…」の句碑が願念寺門前に

した当地出身の詩人室生犀星の文学碑も立つ。桜橋寄り、桜並木のはずれには流し雛をかたどった赤御影石の碑があり、『小景異情』の一節、「あんずよ花着け…」のあんずの詩が刻まれている。

　また、白い塀の裏の小公園には、高浜虚子の「北国の時雨日和やそれが好き」をはじめとする句碑などがある。

　川風にあたりながら土手を歩くと、対岸に見える家々の屋根がキラキラと日に反射している。黒光りするこの屋根は、金沢地方独特の油瓦である。

　魚料理の寺喜屋の前から寺町に続く急な蛤《はまぐり》坂を登っていく。坂の名前は享保十八年（一七三三）の火災で蛤が口を開いたように道を開いたことに由来するという。このあたりは、今も現役の木造四階建てが残り、独特の雰囲気だ。

　句碑のある成学寺は江戸初期の建築様式がみられる貴重な建物。とはいえ、山門を入ると、いきなり蕉翁墳と大書した碑や「あかあかと…」の句碑、一笑塚などもあり、寺よりも碑群のほうが主役に見える。句碑は宝暦五年（一七五五）に建てられたもので、文字は相当に読みにくい。なお成学寺は、願念寺が

願念寺境内の一笑塚

成学寺境内にも一笑塚が

成学寺は碑ばかりが目立つ

兼六園内の句碑はひっそりと

一笑の菩提寺と分かる前には、一笑ゆかりの寺と思われていたようで、一笑塚があるのはこのためだろう。

成学寺を出て少し行ったところに忍者寺で有名な妙立寺《みょうりゅうじ》がある。観光客や客待ちのタクシーで混雑する妙立寺の本堂から、境内を通り過ぎ裏門を出ると、三〇メートル先が一笑の菩提寺であり、彼の追善会《ついぜんえ》が催された願念寺である。築地塀をまわした山門脇に、寺の来歴と芭蕉の「塚も動け…」の句碑が立っている。

狭い境内を入って、築地塀を背にして立つのが一笑塚。側面に小さく「心から雪うつくしや西の雲」と、一笑辞世の句が刻まれている。「行年三十六歳、元禄初辰（元年）霜月六日…」の文字が読みとれた。芭蕉が訪れた当時の願念寺は、現在地の野町ではなく、川原町（今の片町あたり）にあったとのことである。

金沢市内では、ほかに兼六園にも「あかあかと…」の句碑がある。兼六園は当時もあったが、殿様だけのもの、芭蕉が庭を見たわけはない。そのためか句碑の注目度は低いようだ。立っているのは園内東端、山崎山の麓にひっそりとある。

DATA

交通●JR北陸本線金沢駅下車。市内はバス、タクシー、徒歩で。北陸自動車道金沢東・金沢西ICから約7 km。

見学●妙立寺（忍者寺）／9時～16時30分（冬期は～16時）。拝観には予約が必要。☎076（241）0888　●兼六園／7時～18時（10月16日～2月末日は8時～17時）。☎076（221）6453

宿●旅館、ホテル多数があり、民宿、公共の宿も多い。加賀料理の割烹旅館に泊まるのも一案。

店●加賀料理の店は大友楼、つば甚、銭屋などが老舗で、コース2万円ぐらいから。寺喜屋は庶民的な家庭料理の店。土産には加賀友禅、九谷焼、大樋焼などの高級工芸品から、銘菓、郷土玩具、水引細工、麸やかぶらずしの食品などもいい。

エリア情報●金沢市観光協会　☎076（232）5555

多太神社

此所《この》太田《ただ》の神社に詣《まうづ》。実盛《さねもり》が甲《かぶと》、錦《にしき》の切《きれ》あり。往昔《そのかみ》、源氏に属《しよく》せし時、義朝《よしとも》公より給《たま》はらせ給《たまふ》とかや。げにも平士《ひらさぶらひ》のものにあらず。目庇《まびさし》より吹返《ふきかへ》しまで、菊から草のほりもの金《こがね》をちりばめ、龍頭《たつがしら》に鍬形《くはがた》打《うつ》たり。実盛討死《うちじに》の後、木曾義仲《きそのよしなか》願《ぐわん》状《じやう》にそへて、此社《やしろ》にこめられ侍《はんべる》よし、樋口《ひぐち》の次郎が使せし事共《ども》、まのあたり縁起《えんぎ》にみえたり。

むざんやな甲《かぶと》の下のきりぎりす

小松《こまつ》

七月二十四日（新暦九月七日）に着き、三日滞在、二回の俳席を催している。芭蕉は小松の地名が気に入ったようで、宿泊先の日吉《ひえ》神社宮司藤村伊豆宅での発句には「しほらしき名や小松吹《ふく》萩すゝき」と詠んだ。この句碑は本折日吉神社本殿の奥、裏庭といった感じの木の下に、置き忘れられたように立っている。

ここで芭蕉は、斎藤別当実盛《さねもり》の兜《かぶと》で知られる多太《ただ》神社に詣でた。

初め源為朝、義朝に仕え、のちに平宗盛に仕えた実盛は、倶利伽羅峠での戦いで惨敗して逃げる平家とともに戦って討たれるが、そのくだりが『平家物語』に出ている。

手塚太郎が討ちとった首を供えると、木曾義仲は驚き「これは斎藤の別当であろう。義仲が幼い頃、上野国で命を救ってもらったとき、すでに白髪まじりであった。もう真っ白なはずなのに、髪が黒い。樋口次郎なら親しかったから、知っているだろう」。そういって樋口次郎を召すと、次郎は一目見るなり「あなむざんやな」と叫び、「武士の心得で黒

兜石・本物は宝物館に

多太神社の鳥居脇には兜石がある

長い歴史を持つ大社、多太神社

初案「あなむざん…」の句碑

く染めているのです。洗ってご覧なさい」というので洗わせると、髪は真っ白になったという。

義経、義仲といった悲劇の武将に傾倒していた芭蕉は、ここでも悲壮な死をとげた平家の武将実盛に涙しているのである。

その実盛の兜は、宝物館のガラスケースの中に展示されていた（※現在、兜は原則非公開）。なるほど、芭蕉が書いているように、見事な兜だ。宮司さんの話によれば、現在の兜は昭和二十三年に国宝に指定された時に、一度解体修理されていて、芭蕉らが見た昔の兜は写真パネルになって残っている。

多太神社は歴史が古い大社であるが、お参りの人はあまり多くない。しかし、〝実盛の兜〟の由来は地元にもしっかり浸透しているらしく、神社のある通りの名は「かぶと商店街」という。鳥居の手前に石造りの兜をのせた台があり、由来が記してある。その鳥居をくぐると正面が社殿、その横に松尾神社があり、鳥居の脇に芭蕉句碑がある。竹囲いの中の碑は文字が磨滅し、それと知らねば見過ごしてしまうかもしれない。境内には新しい芭蕉句碑と芭蕉像も立つ。

句碑は「あなむざん兜の下のきりぎりす」で、これは謡曲『実盛』の中の樋口次郎のせりふ「あなむざんやな、斎藤別当にて候ひけるぞや」から取ったもの、のちに推敲《すいこう》して「むざんやな…」になった。また「きりぎりす」は、コオロギの古称である。

DATA

交通●JR北陸本線小松駅下車。小松空港から市街へバス15分。多太神社へは小松駅から徒歩10分。北陸自動車道小松ICから約4km。金沢から約30km。

見学●多太神社／☎0761（22）4089

エリア情報●小松市観光物産課

☎0761（22）4111

那谷寺・山中

山中《やまなか》の温泉《いでゆ》に行《ゆく》ほど、白根《しらね》が嶽後《たけあと》にみなしてあゆむ。左の山際《やまぎは》に観《くわん》音堂《おんだう》あり。花山《くわざん》の法皇《ほふわう》、三十三所の順礼とげさせ給《たま》ひて後、大慈大悲《だいじだいひ》の像を安置し給ひて、那谷《なた》と名付《なづけ》給ふとや。那智《なち》・谷汲《たにぐみ》の二字をわかち侍《はべり》しとぞ。奇石さまぐに、古松植《うゑ》ならべて、萱《かや》ぶきの小堂、岩の上に造りかけて、殊勝の土地也《なり》。

石山の石より白し秋の風

温泉《いでゆ》に浴す。其効有明《そのかうありあけ》に次《つぐ》と云《いふ》。

山中や菊はたおらぬ湯の匂《にほひ》

あるじとする物は、久米之助《くめのすけ》とて、いまだ小童《せうどう》也。かれが父、誹諧を好み、洛《らく》の貞室、若輩のむかし、爰《ここ》に来《きた》りし比《ころ》、風雅に辱《はづか》しめられ

那谷寺《なたでら》

曾良日記によれば、芭蕉は七月二十七日(新暦九月十日)、小松からまず山中温泉に向かい、ここで曾良と別れたあと、北枝とともに再び小松へ戻る途中に那谷寺を訪れている。原典では構成の都合で順を入れ替えたのだろう。

緑が美しく映える那谷寺

て、洛に帰《かへり》て貞徳の門人となつて、世にしらる。功名《こうみやう》の後、此一村《このいっそん》、判詞《はんじ》の料を請《うけ》ずと云《いふ》。今更むかし〔物〕語とはなりぬ。

曾良は腹を病《やみ》て、伊勢の国、長島と云《いふ》所にゆかりあれば、先立《さきだち》て〔旅《たび》立《だち》〕行《ゆく》に、

行《ゆき》〳〵てたふれ伏《ふす》とも萩《はぎ》の原　曾良

と書置《かきおき》たり。行《ゆく》もの、悲しみ、残《のこる》もの、うらみ、隻鳧《せきふ》のわかれて雲にまよふがごとし。予も亦《また》、

今日《けふ》よりや書付《かきつけ》消さん笠《かさ》の露

白根が嶽、つまり白山を背にして歩いて、山際に観音堂が見える那谷寺にやってきた。「那谷」を「なた」と読むのは変わっているが、これは原典の記述にもあるとおり、寛和年間（九八五～七）にここを訪れた花山《かざん》法皇が、西国三十三カ所第一番紀伊の那智山と、第三十三番美濃の谷汲《たにぐみ》山の各一字をとって、寺号としたものだとか。真言宗別格本山の寺で、六万坪といわれる境内に、一時は二五〇カ寺ともいわれたが、延元および文明年間に兵火に遭い、堂宇はすべて焼失した。

現在の岩窟内の本殿をはじめ、拝殿、唐門、三重塔（いずれも重要文化財指定）などは寛永年間（一六二四～四四）に藩主前田利常によって再建されたものだから、芭蕉が見たものと、ほぼ同じはずである。

境内は山あり、川あり、谷ありで自然が見事に凝縮されている。中でも全山が灰白色の凝灰岩《ぎょうかいがん》から成る奇岩遊仙境は印象的だ。この風景をして「石山の石より白し…」と秋風を表現した芭蕉は、やはりすごい。

拝観は山門、平成二年に再建成った金堂の華王殿から。続く庫裏書院（重要文化財）と三尊石琉美園《りゅうびえん》（名勝）。寺宝を収蔵する普《ふ》

遊仙境は滑りやすい凝灰岩の岩山。紅葉や新緑に映える

自然に包まれた那谷寺

境内にある「石山の…」の句碑

門閣《もんかく》は特別拝観になる。奇岩遊仙境は岩の間に小さな祠が祀られているこの世の観音浄土。歩いてひとめぐりできるが滑りやすく危ないので、注意がいる。

境内のハイライトは岩窟中腹に建てられた大悲閣である。舞台造の建物が拝殿で、芭蕉時代と異なり屋根は茅葺きではない。岩窟内に本殿があり、堂内は本尊千手観音を安置する厨子の裏側まで回れるが、ロウソクの明かりだけが頼りの薄暗い岩屋の中は、少々不気味な雰囲気もある。

本殿を出て見学コースに従うと三重塔があり、展望のよい楓月橋、鎮守堂と続く。階段を下りれば、芭蕉句碑の翁塚《おきなづか》が岩屋を背にして立っている。「石山の…」と刻んだ文字も碑石も豪放で、貫禄がある。

那谷寺は四季を通じて美しいが、特に秋がいい。鮮やかに色づいたカエデと、白い岩山のコントラストは、独特な美しさをかもし出している。門前には茶店があり、名物のごま豆腐が購入できるほか、那谷寺そばなどの軽食が味わえる。

DATA

交通●JR北陸本線小松駅からバス45分。粟津温泉からバス6分。車は小松市街から約16km。
見学●那谷寺／8時30分～16時45分（冬は8時45分～16時30分）。☎0761（65）2111
宿●加賀温泉郷の粟津温泉が最も近く旅館8軒ほど。少し離れた山代温泉もよい。旅館約20軒。
エリア情報●小松市観光物産課 ☎0761（22）4111

こおろぎ橋の紅葉は抜群に美しい

山中温泉
やまなかおんせん

山中温泉に着いた芭蕉は、久しぶりにたっぷりとした湯につかって旅の疲れを癒《いや》した。ここの温泉は、有馬温泉（原典では有明）に次いで効能が高いという評判である。

芭蕉が山中に九日間も滞在したのは、曾良が金沢あたりから腹の調子が悪くなり、俳席に出なかったり薬をもらったりしていたからである。しかし、病状は好転しない。旅の世話をするべき芭蕉に、かえって面倒をかけることに耐えられなくなった曾良は、「行くてたふれ伏とも萩の原」の句を残して、縁者のいるという伊勢へ先に立っていった。

「今日よりや書付消さん笠の露」芭蕉とて思いは同じ。笠の裏に「同行《どうぎょう》二人」と書いた名前の片方は消さねばならない。これからは独り旅になるのだ。今は北枝がいてくれるけれども。

山中温泉で芭蕉の足跡を訪ねるなら、まず菊の湯へ。温泉街の中心にある天平《てんぴょう》風の建物で、昔の総湯であった。今も共同浴場（男湯）があり、館内には山中節が流れてムードがある。温泉は無色透明、無味無臭でサラリとした肌ざわりのよい湯である。湯の匂いはないはずだが、そこはかとなく湯が匂い立つようなのは、やはり名湯のおかげか。謡曲『菊慈童』に語られている、その露を飲めば不老長寿の薬になるという菊、そんなものを折ってくるまでもないというわけだ。

菊の湯と道路を挟んで向かいには芭蕉が逗留した和泉屋の跡がある。「奥の細道三百年記念碑」は、九谷焼の陶板で「山中や…」の句を書いた懐紙と、芭蕉と曾良の別れの情景

黒谷橋の近くにある芭蕉堂

山中温泉の夜景

を描いた碑。これは芭蕉の館前に立つ。この絵は、蕪村筆の「奥の細道画巻」から採ったもの。かなり贅沢なものだから必見である。その脇に並んで、やはり芭蕉の「湯の名残《なごり》今《こ》宵《よい》は肌の寒からむ」句碑。ちょっと色っぽい情景を感じさせる句だ。和泉屋の当時の主人は久米之助という一四歳の少年。江戸俳壇の巨匠芭蕉を迎えて、どんなに緊張し、かつ誇らしかったことか。彼は、このときに芭蕉に入門し、桃妖《とうよう》の号をもらっている。

山中温泉の名所は、大聖寺《だいしょうじ》川のつくる渓谷鶴仙渓《かくせんけい》で、川沿いに一・五キロの遊歩道がある。二〇分はかかるので浴衣に下駄の温泉スタイルはやめたほうがいい。

バスターミナル前の黒谷橋《くろだにばし》を渡り石段で渓谷へ下りると、左手に小ぢんまりした芭蕉堂がある。明治末期の建物で、中に芭蕉の木像が祀られている。堂の脇に桃妖の「紙鳶《たこ》きれて白根が嶽を行方かな」の句碑がある。向かいの公衆トイレが庵《いおり》風の建物で、風趣をそこねていないのがいい配慮だ。

芭蕉堂から上流へ歩くと勅使河原《てしがわら》宏設計というモダンなあやとり橋。名のとおりのS字形がユニークで、山中温泉の目玉としてライトアップもされている。橋の下は道明《どうみょう》ヶ《が》淵《ふち》。ここから見上げると龍がうねっているようだ。ここにある子安観音の祠のそばに文久三年（一八六三）建立の「山中や…」の句碑がある。遊歩道の終点は、有名なこおろぎ橋だが、そのこおろぎ橋のたもとには、曾良に代わって同行することになる北枝の「子を抱いて湯の月のぞく猿《ましら》かな」の句碑。橋を渡って坂道を登ると、やはり芭蕉の「かがり火に河鹿や波の下むせび」の句碑も立っている。

なお、こおろぎ橋からさらに上流には武家屋敷を移築した県指定文化財の無限庵や、ゆけむり健康村などの施設がある。

DATA

交通●JR北陸本線加賀温泉駅からバス30分。北陸自動車道加賀ICから国道8号、364号線経由で約14km。
見学●芭蕉の館／9時～17時、水曜休。☎0761（78）1720
温泉●菊の湯／6時45分～22時30分。（菊の湯は男湯のみで、女湯は併設の山中節の館「山中座」にある）
宿●旅館25軒ほど。伝統のある宿や料理自慢の宿が多い。
エリア情報●山中温泉観光協会・旅館協同組合
☎0761（78）0330

山中温泉は鶴仙峡に臨む仙境の地

全昌寺

大聖持《だいしやうじ》の城外、全昌寺《ぜんしやうじ》といふ寺にとまる。猶《なほ》、加賀の地也《なり》。曾良も前の夜此《この》寺に泊《とまり》て、

終宵《よもすがら》秋風聞《きく》やうらの山

と残す。一夜の隔《へだて》、千里に同じ。吾《われ》も秋風を聞《きき》て衆寮《しゆれう》に臥《ふせ》ば、明《あけ》ぼのゝ空近う、読経《どきやう》声すむまゝに、鐘板《しようばん》鳴《なつ》て、食堂《じきだう》に入《いる》。けふは越前《ゑちぜん》の国へと、心早卒《さうそつ》にして堂下に下るを、若き僧ども紙硯《すずり》をかゝえ、階《きざはし》のもとまで追来《おいきた》る。折節《をりふし》、庭《てい》中《ちゆう》の柳散れば、

庭掃《はい》て出《いで》ばや寺に散《ちる》柳

とりあへぬさまして、草鞋《わらぢ》ながら書《かき》捨《す》つ。

加賀の名刹全昌寺

芭蕉句碑の右に曾良の「終宵…」の句碑が寄り添う

全昌寺
ぜんしょうじ

大聖寺《だいしょうじ》（大聖持も同意）藩は、加賀前田藩の支藩。芭蕉はその城下町のはずれにある全昌寺に宿をとった。曾良も前の晩、ここに泊まり、「終宵秋風聞やうらの山」の句を残している。全昌寺は山中温泉の和泉屋の菩提寺だから、二人ともその縁にすがったものらしい。

大聖寺駅から山の下寺院群を目指して歩くと曹洞宗全昌寺がある。芭蕉が来た当時は、修行僧の寮もある大きな寺だったようだが、今はそれほど広くなく寂しい小さな寺に見える。

山門を入るとすぐのところに、はせを塚と曾良の「終宵…」の句碑が並んで立っている。曾良の句にある裏山は、今も雑木や竹が茂る小山。本堂の前に五、六メートルの高さから枝を垂らしている柳は、「庭掃て出ばや寺に散柳」と芭蕉が詠んだ柳から四代目に当たるという。庭掃除して辞するのが禅寺での一宿の礼であったのを踏まえての感謝の句である。

この寺には、杉山杉風《さんぷう》作の芭蕉木像がある。高さは一五センチほど、やや肥り気味の芭蕉の表情は温和そのもの。木像の底を見せてもらうと、なるほど、小さく「杉風薫沐拝作之」と、彫ってあった。

全昌寺は、太閤秀吉の朱印状や、五百体すべてがそろった五百羅漢があることでも知られている。慶応三年（一八六七）の作で、この像は一体ずつ寄進者を記録した台帳が残り、造立年代、願主、世話人まで明確に分かるのが珍しい。

DATA

交通●JR北陸本線大聖寺駅下車、徒歩10分。北陸自動車道加賀ICから約3km。
見学●全昌寺／9時～17時。拝観500円。☎0761（72）1164
エリア情報●加賀市観光情報センター
☎0761（72）6678

奥の細道原典

汐越の松・天龍寺

越前の境《さかひ》、吉崎《よしざき》の入江を舟に棹《さをさ》して、汐越《しほごし》の松を尋《たづ》ぬ。

終宵《よもすがら》嵐《あらし》に波をはこばせて

月をたれたる汐越の松　西行

此《この》一首にて数景《すけい》尽きたり。もし、一辨《いちべん》を加《くはふ》るものは、無用の指を立《たつ》るがごとし。

丸岡天龍寺《まるをかてんりゆうじ》の長老《ちやうらう》、古き因《ちなみ》あれば、尋ぬ。又、金沢の北枝《ほくし》といふものの、かりそめに見送りて、此処《このところ》までしたひ来《きた》る。所々の風景過さず思ひつゞけて、折節《をりふし》あはれなる作意《さくい》など聞《きこ》ゆ。今、既別《すでにわかれ》に臨みて、

旅のガイド 3

汐越の松から大垣へ

汐越の松

しおごしのまつ

全昌寺をたった芭蕉は、加賀と越前の国境、吉崎の入江、つまり北潟《きたがた》湖を船で渡って汐越の松を訪ねた。

この吉崎は蓮如上人ゆかりの浄土真宗の聖地吉崎御坊で名高いのに、芭蕉がひと言もふれていないのは、西行の作としている「終《よも》宵《すがら》嵐に波をはこばせて　月をたれたる汐越の松」という古歌に、ただただひかれて来たからである。

しかし、西行を師とも仰ぐ芭蕉がなぜ間違えたのか、実はこの歌は西行のものではない。一説によると蓮如上人作ともいわれているが、詳しくは分からない。ともかく芭蕉は、「此一首にて数景尽きたり」と、汐越の松の眺めはこの歌に尽きると言いきっている。

汐越の松の碑はゴルフ場の中

物書《かい》て扇引《ひき》さく余波哉《なごりかな》

五十丁山に入《いり》て、永平寺《えいへいじ》を礼《らい》す。道元禅師《だうげんぜんじ》の御寺也《なり》。邦畿《はうき》千里を避《さけ》て、かゝる山陰に跡をのこし給ふも、貴きゆへ有《あり》とかや。

永平寺の末寺、天龍寺

汐越の松のあった地は、吉崎御坊（願慶寺）から徒歩二〇分、芦原《あわら》ゴルフクラブの敷地内である。昔は五〇本以上あった老松は大部分が枯れてしまい、その巨大な根が亡骸《むくろ》のように横たわっていたが、新たに植え継がれて松林らしくなっている。

ここに昭和五十九年、原典の一節「越前の境、吉崎の……無用の指を立るがごとし」の文学碑と、奥の細道汐越の松遺跡の碑が建てられた。ゴルフ場の緑の芝生を背に立つこの碑の向かいは日本海、あたりは風が強くて松さえ育ちにくいという。冬の厳しさはいかばかりか。

芦原ゴルフクラブのクラブハウスに行き、受付で記帳すると、スタッフが案内してくださった。ゴルフ場だから気ままに歩かれては危険ということもあろうが、ご丁寧なことに感謝すべきだろう。

歌枕の地、汐越の松にたたずんで古人の声を聴こうか

DATA

交通●えちぜん鉄道あわら湯のまち駅駅下車、タクシー30分。
見学●汐越の松の碑（芦原ゴルフクラブ内）／☎0776（79）1111 ●吉崎御坊（願慶寺）／☎0776（75）1956
宿●近くの芦原温泉に旅館約40軒。
エリア情報●あわら市観光協会
☎0776（77）2040

ヤブツバキに囲まれた「物書て…」の句碑

天龍寺の芭蕉塚

天龍寺《てんりゅうじ》

汐越の松を見物したのちに、芭蕉は丸岡を経て松岡に入り、知り合いの天龍寺の住職を訪ねた（原典の「丸岡」は「松岡」の誤りである）。金沢を出るときは、「ほんのそこいらまで」といいながら芭蕉を慕ってついてきた北枝とは、いよいよここで別れることになった。

曹洞宗天龍寺は松岡藩五万石の藩主松平家の菩提寺で、永平寺の末寺。ここの住職は、かつて江戸品川の天龍寺にいたことがあって、芭蕉とは交遊があったらしい。

天龍寺はえちぜん鉄道の松岡駅から歩いて一〇分ほどの場所にある。松岡警察署のある交差点を、松岡公園の登り口方向へ曲がるとすぐ。境内の入口に「清涼山天龍寺」の標柱が立っている。

参道を少し行くと芭蕉塚と筆塚がある。さらに松岡町福祉会館の前を通って境内に入ると、鉄筋コンクリート造りの本堂脇に、「物書て扇引さく余波哉」と刻まれた、巨大な自然石の句碑がどっかりと居座るように置かれていた。

永平寺《えいへいじ》

天龍寺をあとにした芭蕉は、曹洞宗の大本山永平寺を訪れ、仏道修行のため深い山中に寺を残した道元禅師に思いを馳せる。しかし、残念ながら、永平寺には芭蕉の足跡はどこにも見当たらない。

永平寺は、寛元二年（一二四四）の開山。大仏寺山の中腹、文字どおりの深山幽谷に、七堂伽藍を中心に大小七〇棟余の建物が並んでいる。約一〇万坪の境内は、樹齢六〇〇年という杉の大木に囲まれ、静寂そのものだ。

一般参拝者は、修行僧の生活区域には立ち入れないが、傘松閣、山門、法堂、庫院《くいん》、僧堂、仏殿、聖宝閣などを修行僧の案内で見学することができる。境内は観光客が多く、休日などは禅味にひたるどころではない。でき

DATA

交通●えちぜん鉄道松岡駅下車、徒歩10分。北陸自動車道福井北ICから約2km。

見学●天龍寺／☎0776（61）0471

エリア情報●永平寺町観光物産協会
☎0776（63）1188

森厳な雰囲気の永平寺。芭蕉はあまりふれていない

杉木の奥に永平寺勅使門が見える

ればシーズンオフに訪れるか、宿坊体験などをして禅の心にふれてみたいものである。

DATA

交通●えちぜん鉄道永平寺口駅下車、山門まで徒歩10分。北陸自動車道福井北ICから国道416号、364号経由で約10km。

見学●永平寺／8時30分～17時
☎0776（63）3102

宿●永平寺町に数件ある。

エリア情報●永平寺町観光物産協会
☎0776（63）1188

福井

福井は三里計《ばかり》なれば、夕飯《ゆふげ》したゝめて出《いづ》るに、たそかれの路、たど〱し。爰《ここ》に等栽《とうさい》と云《いふ》、古き隠士有《あり》。いづれの年にか、江戸に来《きた》りて予《よ》を尋《たづぬ》。遥《はるか》十とせ余《あま》り也。いかに老《おい》さらぼひて有《ある》にや、将《はた》、死《しに》けるにやと、人に尋侍《たづねはべ》れば、いまだ存命《ぞんめい》して、そこ〱と教《をし》ゆ。市中《しちゆう》ひそかに引入《ひきいり》て、あやしの小家《こいへ》に、夕皃《ゆふがほ》・へちまのはえかゝりて、鶏頭《けいとう》・はゝきぎに戸ぼそをかくす。さては此《この》うちにこそと、門を扣《たたけ》ば、侘《わび》し気《げ》なる女の出《いで》て「いづくよりわたり給《たま》ふ道心《だうしん》の御坊《ごぼう》にや。あるじは、此あたり何がしと云《いふ》もの、方《かた》に行《ゆき》ぬ。もし用あらば尋給《たづねたま》へ」といふ。かれが妻なるべしとしらる。むかし物がたりにこそ、かゝる風情《ふぜい》は侍《はべ》れと、や

福井 ふくい

芭蕉は福井で等栽《とうさい》という隠士を訪ね、その家に二泊する。等栽は一〇年ほど前、江戸の芭蕉に会いにきたことがある。

その等栽宅の跡は、福井市左内町の左内公園にあった。広場の中央には江戸末期の勤皇の志士橋本左内の銅像が立っており、その背後の木立の中に「芭蕉宿泊地」と刻んだ石碑と、「名月の見所問《とわ》ん旅寝せん」の芭蕉句碑がつつましく立っている。昭和五十六年建立の新しい句碑で、月をイメージしたのだろう、四角な御影石の中央を丸く削り、その中に句が刻まれている。

公園そのものは市街地の中で、世を捨てた等栽夫婦の清貧の暮らしをしのぶべくもないし、橋本左内の銅像に圧倒されて芭蕉をしのぶよすがも乏しい感じである。すぐ近くの足《あす》羽山《わやま》公園も古い歌枕の地とはいうものの、昔の面影はまったくない。現代の福井市の展望地としてはよいのだが。

福井をたち、等栽とともに敦賀へ向かう途中で見た玉江と朝むづの橋は古い歌枕の地。特に朝むづの橋は、『枕草子』にも「橋は朝むづの橋」と書かれているほど、有名な橋である。

現在の福井市の南、浅水《あそうず》町を流れる小さな川、朝六つ川に架かる朝六つ橋がそれで、福井駅前から武生へ向かう福井鉄道福武線浅水駅から徒歩六、七分の距離。

朝六つ橋のたもとには西行法師の「越に来

左内公園の句碑「名月の見所問ん旅寝せん」

左内公園内にある等栽宅跡

がて尋《たづね》あひて、その家《いへ》に二夜《ふたよ》とまりて、名月はつるがのみなとにとたび立《だつ》。等栽も共に送らんと、裾《すそ》おかしうからげて、路《みち》の枝折《しをり》とうかれ立《たつ》。

て富士とやいはん角原の　文殊がだけの雪のあけぼの」の歌と、芭蕉の「朝六つや月見の旅の明けはなれ」の句を刻した碑が立っている。碑の裏の説明文によると、昔は「長さ十三間、幅二間、水四尺五寸…」の規模だったという。

福井から敦賀への間には、白根が嶽（白山）、比那が嵩（雛ケ岳＝越前富士とも）、鶯の関、帰山《かえるやま》などの歌枕が続く。原典も久しぶりに歌枕づくめの道行となっている。燧《ひうち》ケ城《がじょう》も義仲好きの芭蕉にとっては書き落とせぬ史跡だったろう。多分、今庄あたりで一泊した芭蕉一行、木《き》の芽《め》峠を越えれば、敦賀はすぐであった。

DATA

交通●JR北陸本線福井駅下車、左内公園へ徒歩約15分。福井鉄道公園口駅から徒歩３分。北陸自動車道福井ICから約6km。
エリア情報●福井観光コンベンション協会
☎0776（20）5151

敦賀　つるが

八月十四日（新暦九月二十七日）、十五夜前日の夕暮れに敦賀に到着。曾良日記から、唐人橋（現・相生町）の旅籠出雲屋に泊まったものと思われる。この日の夜、よく晴れて月がきれいだったので、気比《けひ》神宮に夜参りをしている。

案内してくれた宿の主人の「昔遊《ゆ》行《ぎょう》一世・一遍上人をついで遊行二世になった他阿上人が、自ら土や石を運んでぬかるみを乾かしたので、今は難儀することなくお参りできるようになった。以来、代々の上人が神前に砂を担《かつ》いでいくことになっており、この行事を遊行の砂持ちというのです」との話を聞き、「月清し遊行のもてる砂の上」と詠んだ。

翌日の十五夜は、雨。前の晩に宿の主人が「天気がかわりやすいのが北陸のならい。明日は晴れるかどうか分からない」と言ったとおりになった。そこで「名月や北国《ほくこく》日和《びより》定《さだめ》なき」と雨名月の句を詠んでいる。

敦賀駅から国道八号線を海側へ一キロほど行くと気比神宮がある。越前国一宮で、かつては官幣大社、敦賀っ子に「けいさん」と呼

敦賀

漸《やうやう》、白根《しらね》が嶽《たけ》かくれて、比那《ひな》が嵩《たけ》あらはる。あさむづの橋をわたりて、玉江《たまえ》の蘆《あし》は穂に出《いで》にけり。鶯《うぐひす》の関を過《すぎ》て、湯尾《ゆのを》峠を越《こゆ》れば、燧《ひうち》が城《じやう》、かへるやまに初雁《はつかり》を聞《きき》て、十四日の夕ぐれ、つるがの津に宿をもとむ。

その夜、月殊晴《ことにはれ》たり。あすの夜もかくあるべきにやといへば、越路《こしぢ》の習ひ、猶明夜《なほめいや》の陰晴《いんせい》はかりがたしと、あるじに酒す丶められて、けいの明神《みやうじん》に夜参《やさん》す。仲哀《ちゆうあい》天皇の御廟《ごべう》也。社頭神《かん》さびて、松の木の間《こま》に月のもり入《いり》たる、おまへの白砂、霜を敷《しけ》るがごとし。往昔《そのかみ》、遊行《ゆぎやう》二世の上人《しやうにん》、大願《たいぐわん》発起《ほつき》の事ありて、みづから草を刈《かり》、土石を荷《にな》ひ、泥渟《でいてい》をかはかせて、参詣往来の煩《わづらひ》なし。

ばれて親しまれている。社殿は昭和三十七年の再建で、境内に入るとかすかに檜の香が漂ってくる。

国の重要文化財である朱塗りの大鳥居は高さ一〇・九メートル、正保二年（一六四五）の建立で、木造としては厳島《いつくしま》神社、春日《かすが》大社と並ぶ日本三大鳥居の一つだという。

ここには社殿の真正面に、旅姿の芭蕉像がある。右足を軽く踏み出し、今まさに参拝といった感じだ。隣には敦賀と月を詠んだ五句が刻まれた、三〇トンもある石碑。そして間に隠れるように「気比のみや」の前書で始まる「なみだしくや遊行のもてる砂の露」の句碑、これは露塚と呼ばれている。また翁像の台座にも「月清し…」の句が刻まれており、この文字は素龍《そりゆう》本から採ったものという。「なみだしくや…」のほうが初案で、のちに「月清し…」と改められた。

この気比神宮の北西は気比の松原で、砂浜を含めると四〇万平方メートルという広大な

松林の中にある気比神社

古例、今にたえず、神前に真砂《まさご》を荷ひ給《たま》ふ。これを遊行の砂持《すなもち》と申侍《まうしはべ》ると、亭主のかたりける。

月清し遊行のもてる砂の上

十五日、亭主の詞《ことば》にたがはず、雨降《ふる》。

名月や北国《ほくこく》日和《びより》定《さだめ》なき

境内の芭蕉像と句碑。句は初案の「なみだしくや…」

もの。赤松と黒松を合わせて約一万二〇〇〇本、平均樹齢一九〇年という松林は、美しい白砂の浜と相俟って、なかなか見事である。

芭蕉が泊まった出雲屋の跡は、気比神宮の西側の相生町二丁目あたりと伝えられており、現在は「芭蕉翁逗留出雲屋跡」の標柱が立つ。また、敦賀市立博物館から海側に少し歩いた場所に、色の浜へ芭蕉を案内した廻船問屋天屋《てんや》五郎右衛門（俳号玄流）宅の跡があって、やはり「天屋玄流旧居跡」の標柱が立っている。この一画は敦賀港がすぐそばにあるためか、ちょっとエキゾチックな倉庫街である。

このほか、敦賀駅の北、港を一望にする金《かね》ケ崎《がさき》城跡の麓の金前《こんぜん》寺境内に、金ケ崎の沈鐘伝説を聞いた芭蕉が詠んだという「月いづく鐘は沈《しず》める海のそこ」の句碑があるし、北陸自動車道杉津パーキングエリアには、「名月や…」（上り線）と「ふるき名の角鹿《つぬが》や恋し秋の月」（下り線）の句碑もある。

なお、今まで何回か出てきた奥の細道素龍本は、今、市内新道《しんどう》の西村弘明氏宅に伝来している。また、復刻本は市立博物館に所蔵されている。

DATA

交通●JR北陸本線敦賀駅下車。気比神宮へバス4分。気比の松原へバス12分。北陸自動車道敦賀ICから約3km。奥の細道めぐりコース（色の浜を含む）はタクシーで約4時間。
見学●気比神宮／5時～17時。☎0770（22）0794　●敦賀市立博物館／10時～17時、月曜・休祝日の翌日休。☎0770（25）7033
宿●市内に旅館約40軒。中村山の高台の敦賀トンネル温泉もよい。
エリア情報●敦賀観光協会
☎0770（22）8167

白砂青松の気比の松原。樹齢100年を超す老松が多い

色の浜

十六日、空霽《はれ》たれば、ますほの小貝ひろはんと、種《いろ》の浜に舟を走《は》す。海上《かいしやう》七里あり。天屋何某《てんやなにがし》と云《いふ》もの、破籠《わりご》・小竹筒《ささえ》など、こまやかにしたゝめさせ、僕《しもべ》あまた舟にとりのせて、追風《おひかぜ》時のまに吹着《ふきつき》ぬ。浜はわづかなる海士《あま》の小家《こいへ》にて、侘《わび》しき法《ほっ》花寺《けでら》あり。爰《ここ》に茶を飲《のみ》、酒をあたゝめて、夕ぐれのさびしさ感に堪《たへ》たり。

寂しさや須磨《すま》にかちたる浜の秋

浪《なみ》の間や小貝にまじる萩《はぎ》の塵《ちり》

其《その》日のあらまし、等栽《とうさい》に筆をとらせて寺に残す。

色の浜
いろのはま

翌十六日はよく晴れたので、天屋五郎右衛門の案内で、海路、色の浜（種《いろ》の浜）へ向かった。ここも西行ゆかりの歌枕である。

芭蕉は色の浜まで「海上七里」と書いたが、実際は三里（一二キロ）ほど。当時難所だった陸路は眺めのよいドライブウェイにかわり、バスも通っているが本数は少ないから、タクシーの利用がよい。バス停色ケ浜で降りるとすぐのところに、昭和六十年建立の西行歌碑、「潮染むるますほの小貝拾ふとて色の濱とは言ふにやあるらん」がある。

歌碑から坂道を下ると、いかにも漁村らしく網干しをしている集落に出る。「海士《あま》の小家」ならぬ民宿があって、夏の海水浴に賑わうらしい。芭蕉が「侘《わび》しき法花寺《ほっけでら》」と書いた本隆寺は、もとは金泉寺といい敦賀の曹洞宗永厳寺の末寺だったが、応永三十三年（一四二六）、法華宗に改宗したという。

本隆寺は浜に近い石垣の上にあり、白壁をめぐらせてはいるが、ちょっと見ただけでは普通の民家のようだ。芭蕉が等栽に筆をとらせて寺に残したという「其日《そのひ》のあらまし」は、今もここにあって、お寺の人に頼めば見せてくれるが、予《あらかじ》め電話したほうがいい。

その文の末尾には「越前ふくゐ洞哉書」の署名と並んで『奥の細道』に載せられた「浪の間や小貝にまじる萩の塵《ちり》」の初案である「小萩ちれますほの小貝小盃《こさかずき》」の句が認《したた》めてある。

歌枕、色の浜の西行歌碑

本隆寺境内にある自然石に刻まれた「小萩ちれ…」の句碑は、この芭蕉記文の筆跡を写したもの。その横には「衣《ころも》着て小貝拾はんいろの月」の、月をイメージしたらしい円形の新しい句碑も立っている。

本隆寺には「衣着て…」の句碑がある

常宮神社の句碑

さて、西行ファンの芭蕉がわざわざ訪れた、色の浜の増穂の小貝は、探そうと思ってもどれがそれなのか分からない。浜にいた漁師さんに聞くと、わざわざ家に取りに帰って、そのコレクションを見せてくれた。想像以上に小さく、直径一センチあるかどうか、赤ちゃんの爪よりまだ小さい。海の生態系の変化でだんだん少なくなっているそうだ。やっと見つけても二枚そろっているものはなく、薄いピンク色でそれと分かるばかり。この増穂の小貝は粗い砂浜にしかないそうで、なるほど色の浜辺は小石を細かく砕いたような粗い砂浜であった。その砂ごと小貝をすくって、記念とした。

色の浜の寂しい風景は、今も江戸時代と大差はない。一応、漁港だから小舟は何艘か浜に揚げられている。波の寄せる音だけが耳に響く。「夕ぐれのさびしさ感に堪《たえ》たり」の原典を味わうなら、初秋の夕方にこそ訪れたいものである。

色の浜へ向かう途中にある、常宮《じょうぐう》の常宮神社には、鳥居の脇のシイの木の傍らに「月清し…」の芭蕉句碑が残っている。文政五年（一八二二）に建てられたものだが、文字はほとんど消えかかっている。この神社は、新羅《しらぎ》から渡来した天女のレリーフのある朝鮮鐘（国宝）があることでも知られている。

DATA

交通●JR北陸本線敦賀駅から常宮経由立石行きのバス30分、色ケ浜下車。タクシー片道約25分。
見学●本隆寺／☎0770（26）1200　●常宮神社／☎0770（26）1040
エリア情報●敦賀観光協会 ☎0770（22）8167

美しい浜が続く色の浜。砂浜に寄せる波音も静か

大垣

露通《ろつう》も此《この》みなとまで出《いで》むかひて、みの、国へと伴《ともな》ふ。駒《こま》にたすけられて大垣《おほがき》の庄《しやう》に入《いれ》ば、曾良も伊勢より来《きた》り合《あひ》、越人《ゑつじん》も馬をとばせて、如行《じよかう》が家に入集《いりあつま》る。前川子《ぜんせんし》・荊口《けいこう》父子、其外《そのほか》したしき人々日夜とぶらひて、蘇生《そせい》のものにあふがごとく、且悦《かつよろこ》び、且いたはる。旅の物うさもいまだやまざるに、長月《ながつき》六日になれば、伊勢の迁宮《せんぐう》おがまんと、又舟にのりて、

蛤《はまぐり》のふたみにわかれ行《ゆく》秋ぞ

大垣 おおがき

色の浜から戻った芭蕉は、敦賀まで迎えにきた露通《ろつう》（路通）と一緒に旅して大垣入りした。八月二十一日（新暦十月四日）頃のことである。露通は、初め芭蕉が奥の細道に同行させるつもりだった弟子。また、敦賀から大垣間のルートについては、どこをどのように通ったのか資料がなく、今もって謎とされている。

ともかく芭蕉は、ここ大垣で友人の谷木因《ぼくいん》をはじめ伊勢から駆けつけた曾良、如行、越人といった門弟たちに囲まれて、旅の疲れを癒した。そして二週間あまりの逗留のあと、九月六日（新暦十月十八日）伊勢神宮の遷宮式に臨むため、親しい人たちに見送られて木因宅の前から舟に乗り、水門《すいもん》川を下っていったのである。

「蛤のふたみにわかれ行秋ぞ」の「ふたみ」は伊勢の二見ケ浦にかけているが、西行の歌にある「いまぞ知る二見の浦の蛤を　貝合わせとて覆ふなりけり」を意識しているようでもある。江戸、深川を旅立つときに詠んだ「行春や…」に対応していることは論をまたない。

戸田氏十万石の城下町大垣は、伊勢、伊賀に近く、両国を結ぶ水門川は当時の交通の要路であった。芭蕉にとっての大垣は、奥の細道に先立つ五年前、蕉風俳諧を確立した地で

復元された大垣城は町なかにある

大垣の地には住吉灯台が立ち、水運盛んだった水門川には木々が影を落としている

史蹟奥の細道むすびの地の石碑

蛤塚。本文のむすびの句「蛤の…」にちなんで

水門川から臨む奥の細道むすびの地記念館

あり、京都の北村季吟のもとで共に学んだ廻船問屋の木因をはじめ、弟子の大垣藩士らが数多くいたのである。一四〇日、六〇〇里に及ぶ奥の細道を次への旅立ちでむすびたかったとすれば、これほどふさわしい土地はなかったのではなかろうか。

大垣での芭蕉史跡は数多いが、まず水門川遊歩道「四季の道」の終点にある奥の細道むすびの地へ。大垣駅から一・五キロほどの道のりだ。ここは大垣城外濠の名残でもあり、「史蹟奥の細道むすびの地」の石碑、芭蕉と木因の像があるのですぐ分かる。『野ざらし紀行』の旅でも、芭蕉は木因を訪ねて大垣へ来ているから、よほど心を許した友だったのだろう。現在、碑の立つ地が木因宅であった。

このあたりは昔の河港の跡で、今も古風な住吉灯台が残る。川面につながれた一隻の舟が、芭蕉の新しい旅立ちをイメージさせてくれる。

原典の最後を飾る「蛤《はまぐり》の…」の句碑は蛤塚と呼ばれ、芭蕉・木因像の隣に、また傍らには木因が芭蕉歓迎の意味を込めて貞享五年（一六八八）に建てたという俳句道標のレプリカと、木因の句碑がある。道標は「南いせくわなへ十りざいごうみち」で、本物は奥の細道むすびの地記念館にある。

水門川を挟んだむすびの地と住吉灯台、むすびの地記念館をむすぶ遊歩道は、桜並木の下に芭蕉と門弟の句碑が立ち並び、句碑のプロムナードといった感じ。四季の草花が乱れ咲く中に投句箱もある。また、芭蕉の真蹟を拡大して刻した「花にうき世我《わが》酒白くめし墨《くろ》し」の句碑の手前には大垣の井戸があり、ちゃんと柄杓が添えてある。

プロムナード沿いの句碑で見落としてなら

伊吹塚は鳥居をくぐった右手、植込みの中に立つ

八幡神社境内の冬ごもりの塚

ぬものが、芭蕉送別連句塚。「秋の暮行先々ハ苫屋哉《とまやかな》　木因」、「萩に寝ようか荻《おぎ》に寝ようか　はせを」「霧晴れぬ暫《しばら》ク岸に立給へ　如行」「蛤のふたみに別行秋ぞ　はせを」（「はせを」とは芭蕉のひらがな書きのこと）。文字は芭蕉の書簡を拡大したもの、変体仮名で読みにくいから、大垣の句碑めぐりパンフレットを見ながらの見学がよさそう。

　奥の細道むすびの地記念館は大垣市総合福祉会館の一階にある。展示品はさほど多くないが、木因、如行を代表とする大垣の俳人・美濃派コーナーや、大垣を訪れたときに芭蕉が着ていた紙衣《かみこ》を再現したもの、など地元ならではの展示が興味深い。喫茶室もあるのでひと休みにも絶好だ。

　高橋から大通りを西へ七〇〇メートルほど入ったところが正覚寺。入口の「史跡芭蕉木因遺跡」の標柱が目印だ。

　木因は大垣藩士如行をはじめ、多くの門弟を芭蕉門下に入れている。境内の墓地にある「芭蕉塚」は、元禄七年（一六九四）、芭蕉が大坂で病死後百カ日目の追善法要で、木因が建てた追悼碑である。露通の筆跡で、碑面に大きく「芭蕉翁」と刻してある。傍らには木因の墓もある。

　水門川が大きく左折するあたりにあるのが、朱塗りの鳥居の八幡神社。鳥居をくぐってすぐのところにある「折々に伊吹をみては冬ごもり」の芭蕉句碑は、冬ごもり塚と呼ばれている。ほかにも、「其のままよ月もたのまじ伊吹山」と刻まれた竹島会館の伊吹塚、円通寺の芭蕉如水塚、如行の宅跡、蛭子《えびす》神社など市内には三〇カ所以上の芭蕉句碑があるが、むすびの地以外は訪れる人も少なく少々荒れた感じであるのが残念。

　時間があれば美濃赤坂へ足を延ばして、芭蕉が参詣した虚空蔵さん（明星輪寺）や茶屋本陣跡を訪ねるのがいい。ここにも芭蕉句碑が四カ所ある。

DATA

交通●東海道本線大垣駅下車。むすびの地へ徒歩15分。句碑めぐりは徒歩約2時間。名神高速道路大垣ICから約6km。美濃赤坂へは大垣からバス20分。
見学●奥の細道むすびの地記念館／9時～17時。☎0584（81）3747 ●大垣城／9時～17時、火曜・祝日の翌日休。☎0584（74）7875
宿●市内に旅館、ホテル約10数軒。
エリア情報●大垣市観光協会 ☎0584（77）1535

旅の終わり、むすびの地に立つ芭蕉と木因（右）の像

芭蕉ゆかりの温泉

その3

山中温泉

豊かな自然と伝統文化が息づく北陸の名湯。
山中漆器に触れ、温泉街を散策し、溢れる湯船に身を任せる

総湯・菊の湯で体験したい、芭蕉も絶賛した温泉の効用

石川県加賀市、大聖寺川の渓谷沿いに形成される山中温泉は、緑豊かな温泉地であり、山中漆器のふるさとでもある。

美しい鶴仙渓に架かるこおろぎ橋やあやとり橋、芭蕉堂、ギャラリーなどが並ぶ南町ゆげ街道、さらに芭蕉の忘れ杖を所蔵する医王寺など、ゆっくり散策したい魅力に溢れる。歩くのに疲れたら「お散歩号」という周遊バスも運行している。

芭蕉もこの温泉を気に入ったようで、八泊の長逗留をしている。そして芭蕉は有馬に次ぐ名湯と褒め称えている。滞在先は泉屋(和泉屋とも)で、主は十四歳の久米之助。芭蕉は桃妖という俳号を与えている。これは芭蕉の若き日の俳号が桃青なので、桃の一字を与えるのは家人同様、格別の扱いといえる。

泉屋は現在は跡地の碑が立つばかりだが、隣接していた宿・扇屋の別荘を再整備して平成十六年に開館したのが芭蕉の館である。一階には人間国宝の木工芸職人・北川良造さんの作品を展示、二階には桃妖の短冊や芭蕉の遺留品などが並ぶ。

近くには山中温泉の元湯である菊の湯がある。菊の湯は昭和初期の趣ある建物で、平成五年に改装された。ここは男湯のみで、女湯は芸妓による民謡・山中節を披露する『山中座』というホールに併設されている。

浴場の壁面には温泉縁起絵巻の一部を九谷焼の陶板で模写しており、奈良時代の僧・行基が発見以来一三〇〇年の伝統を持つ温泉の歴史の一端を感じることができる。浴槽は一メートルほどと深く、プールのように広いのも楽しい。無色透明の湯は肌によくなじむ。

菊の湯の前には、源泉の飲泉所と足湯が設えられている。またここでは温泉卵作りも体験でき、湯浴みをしている間にできあがる。

芭蕉の足跡を辿りながら道中の湯に浸かる。そんな贅沢な旅もいいものである。

右／総湯、菊の湯。外観は風格のある天平造り風に
左／山中温泉郷

菊の湯●7時〜22時30分、420円。
交通●JR 北陸本線加賀温泉駅からバスで約30分
エリア情報●山中温泉観光協会・旅館協同組合
☎0761(78)0330

DATA
泉質■カルシウム・ナトリウムー硫酸塩泉
効能■打ち身、神経痛など

芭蕉ゆかりのスポット

関口芭蕉庵

深川の芭蕉庵に比べると知名度は低いがぜひ訪れたい場所。江戸での芭蕉の暮らしぶりをしのんでみる

もうひとつの芭蕉庵。今は都心のオアシスとなっている

深川の芭蕉記念館とともに、数少ない東京都内の芭蕉ゆかりの地が、関口芭蕉庵である。芭蕉は三十歳前後で江戸へ出て俳諧の道を歩んだが、生活のために神田上水改修工事の監督となった。延宝五年（一六七七）、三十四歳のことである。

以後、深川のいわゆる芭蕉庵に移るまでの足掛け四年間、ここに芭蕉は住んだという。場所は職場である神田上水（江戸川）に臨む斜面の下で、庵そのものは再建だが、瓢箪池を中心にした庭園は旧態を残している。庭園の奥には芭蕉堂があり、芭蕉と高弟四人の像を祀っている。芭蕉像はその三十三回忌に作られた木像、弟子像はぐっと後に、義仲寺の墓の下の土で作ったものである。

園内には芭蕉句碑として「古池や…」が池畔に立つほか、芭蕉翁之墓として「五月雨にかくれぬものや瀬田の橋」にちなむ「さみだれ塚」がある。芭蕉はこの庵から見る早稲田たんぼを琵琶湖に見立てて愛していたので、後の俳人たちがこの句の真蹟を埋めたもの。

園内はシャガ、フヨウなどが咲き、ゆかりのバショウも植えてあって風雅である。芭蕉堂前の大イチョウが黄落に輝く十一月が最もよい。

入口である胸突坂の木戸を出て神田上水のほとりを散歩するのもお勧め。近くには、旧細川邸の新江戸川公園や上水の大洗堰跡がある。昔を模して造ったものだが、水道役人だった芭蕉の当時をしのぶよすがにはなる。

DATA

関口芭蕉庵●10時～16時30分、月曜休。☎03（3941）1145
交通●JR山手線目白駅からバス椿山荘下車、胸突坂を下って10分。地下鉄有楽町線江戸川橋徒歩12分地下鉄東西線早稲田下車徒歩12分

芭蕉と高弟4人の像。芭蕉を中心に、右後が榎本其角、右前が向井去来、左後が服部嵐雪、左前が内藤丈艸

芭蕉の生涯と背景

今　栄蔵（元中央大学教授）

一　故郷

芭蕉の郷里伊賀上野は山国である。芭蕉も好んで「伊賀の山家」と呼んだ。名古屋から関西本線の電車に乗って亀山を過ぎると、まもなく加太《かぶと》トンネルというやや長いトンネルがあり、このあたりが昔の伊勢と伊賀の国境にあたるのだが、トンネルを抜けて入ってゆくところがいかにも山国伊賀を象徴している感じである。まもなく柘植《つげ》駅を過ぎて一〇分余りすると伊賀上野駅に到着する。駅から南には上野盆地が開け、盆地の中ほどに小高い丘が望まれる。上野の町（三重県上野市）は、藩制時代のはじめ、近世城下町特有の都市計画にもとづいてこの丘の上に造られた小さな城下町であった。藩主は藤堂氏で、津に本城があり、上野の城―白鳳城は支城であった。

　山国とはいえ、奈良へは一日、京都へも一日半足らず、都会の風もいくらかは通ってくるこの城下町に芭蕉が生まれたのは正保元年（一六四四）、三代将軍徳川家光の時代にあたる。幼名金作、長じて通称忠右衛門、名《な》乗《のり》を宗房《むねふさ》といった。生家は白鳳城のすぐ東側の赤坂町にあった。

　父松尾与左衛門は上野の東北十四、五キロの柘植村の出身だった。この地方には中世以来土着の柘植七党という名家があり、松尾氏はその一党だった。藤堂藩ではこれらの名家に準武士待遇を意味する無足人《むそくにん》という称を与えて苗字帯刀を許したが、その末流はこれにあずからず、苗字は許されたが帯刀は禁じられ、平百姓なみとなった。与左衛門はこの階層に属した。しかし赤坂町の住民のほとんどは苗字なしの農民だったので、町内では芭蕉の松尾家は比較的目立つ存在だったにはちがいない。与左衛門夫婦には二男四女があり、長男半左衛門命清《のりきよ》、次は女子、次が宗房となるが、与左衛門は宗房十三歳の明暦二年（一六五六）に死亡し、一家は以後母子家庭となった。

　宗房は十代の後半ごろから上野の町に流行する俳諧に興味を示しはじめた。俳諧は江戸時代に入って庶民の文学として急速に全国的な流行を見せ、上野でもすでに中央の集に入選する経験者が増えていた。宗房はそんな先輩達の中の窪田政好・保川一笑の二人に手ほ

白河関の森公園の「芭蕉と曾良の像」。（第1章「白河関」／25ページ）

どきを受け、熱心さと才能を愛された。一方、上野では城代家老に次ぐ食禄五千石の藤堂新七郎家の跡継ぎ息子良忠《よしただ》（俳号蟬吟《せんぎん》）も俳諧を愛し、政好や一笑を下屋敷に呼んではお相手をさせていたが、やがて二先輩に引かれて宗房も出入りするようになった。そんな蟬吟との縁で、宗房は新七郎邸の台所方使用人という勤め口を持つようになった。十九歳ごろのことである。

寛文四年（一六六四）、京都の重鎮松江重頼選の『佐渡中山集』に右の三人などとともに宗房は初入選。以後ほとんど毎年中央の集に入選を重ね、その実績と熱意によって、いつのまにか上野の小俳壇の代表格になっていた。寛文十二年、二十九歳の正月には、上野の俳人三十六名からきわめて当世風な滑稽句を募って『貝おほひ』と題する発句《ほっく》合《あわせ》一巻を編し、みずから判者となって気を吐いている。そしてこのころにはもう、大都市に出て専業の俳諧師として飛躍したいと考えていた模様で、その春、しがない台所方の勤め口と郷里を捨てて大江戸に向かった。

二　俳諧師桃青

江戸へ出て三、四年は無名だったが、その間にも、郷里での自信作『貝おほひ』を自費出版したり、京都の大宗匠北村季吟からお墨付きの秘伝書を申し受けたり、つてを求めて文学大名内藤風虎の文学サロンに交わって人脈づくりをするなど、着々と、俳諧師として世に立つための手段を講じている。俳号も桃青と改めた。

当時、俳壇は大坂に興った西山宗因の新風─談林風で湧き立っていたが、そのさなかの延宝三年（一六七五）、人気絶頂の宗因が江戸に下向した機会に、桃青は俳友らとともに宗因を囲む連句会に一座でき、改めて宗因風に心酔することとなる。俳壇活動もこのころから目立ちはじめ、延宝四年には『江戸両吟集』、六年には『桃青三百韻』を出版し、同じころ、「万句俳諧」という大がかりな行事を打って、正式の俳諧宗匠・点者として公認された。しかし生計は不如意だったらしく、延宝五年から四年間はアルバイトとして神田上水工事の事務職を兼ねるといった苦労もしている。宗匠として独立する以前にも、其角《きかく》・杉風《さんぷう》・嵐蘭《らんらん》など、後に芭蕉門の中核をなす人々が入門していたが、独立後は急に

沖の石とともに百人一首に詠まれた「末乃松山の碑」。（第1章「多賀城」／49ページ）

ふえた。延宝八年夏、門人二十一名おのおのが独吟した歌仙連句を勢ぞろいさせて出版した『桃青門弟独吟二十歌仙』は、充実した桃青門の勢力を象徴するもので、桃青自身は江戸宗匠中五指に入る有名人になっていた。この年は四代将軍家綱が死亡して綱吉が新将軍職に就いた年でもある。

三　芭蕉庵

　こうして出郷以来の念願がようやく実ったかにみえる半面で、桃青はしかし、点者という職業そのものへの疑問を深めていた。点者は一般の俳人が作って持ち込む連句の巻に点をかけて点料を稼ぐ商売である。が、俳客の多くは文芸愛よりも点取り競争にうつつをぬかし、点者は点者で客にこびたあま点をつけて互いに俳客を奪い合う生存競争に明け暮れる。そんな俗悪な俳壇社会に対する疑問と嫌悪がいよいよ高まった延宝八年の冬、桃青は点者稼業を放棄し、純粋に文学のためだけに生きる新たな理想に燃えて、心機一転すべく、住居もそれまでのにぎやかな都心地小田原町から、隅田川を越えた深川村に移した。

　点者の仕事をやめることは無収入になるに等しいことで、当然生活にも事欠く結果になるが、やはり師匠の理想主義をよろこび、生活を支援する人々はあった。幕府や諸大名屋敷の魚御用商を勤める杉風がその筆頭だったが、このときから桃青は「乞食《こつじき》の翁《おきな》」を自称し、物欲と金銭と名誉欲とから解放された生きざまの中で純粋に文学の理想を求めてゆく。

　桃青のこの反俗的な生きざまは、中国古代の哲学書『荘子《そうじ》』特有の反俗精神によって根深く支えられていたもので、『荘子』はそれ以後芭蕉庵桃青のバイブルとなり、「自然に帰れ」という『荘子』の最も中核的な自然哲学は芭蕉文学の中核をなして成長してゆく。また桃青はこのころから深川大工町の臨川庵に住む仏頂禅師に就いて禅を学んでいるが、禅の根本精神が「本来無一物」であることも桃青に影響していることであろう。

　深川の草庵は隅田川の河口近くにあった。桃青ははじめ、この草庵の杜甫の詩句「門ニハ泊ス東呉万里ノ船」にあやかって「泊船堂」と号した。翌年（一六八一）、年号が天和《てんな》と改まる年の春、李下《りか》という門人からバショ

登米大橋のたもとにある「一宿の碑」。
（第1章「登米」／61ページ）

ウの株を贈られて庭に植えたところ、見事に繁茂して草庵の名物となり、いつとなく人々から「芭蕉の庵」と呼ばれるようになった。桃青自身もこの呼び名が気になり、庵号を芭蕉庵にあらため、また第二の俳号として好んで「芭蕉」を用いることになる。

この芭蕉庵はしかし、天和二年十二月二十八日、駒込の大円寺から起こった江戸大火（八百屋お七事件の発端になる火事）にまきこまれて全焼する。このときの芭蕉の心境について門人其角は、「ここに猶如火宅《ゆうじょくわたく》の変を悟り、無所住の心を発し」と伝えているが、これは仏頂禅師参禅中に得た人生観とも重なりあうものであろう。

その後九箇月あまり経て、芭蕉は旧庵と同じ界隈の焼跡に建った長屋の一棟に借宅して、ここを二度目の芭蕉庵とするが、このとき門人や無名の人々五十余人が芭蕉の入居資金をカンパして贈っているのは、芭蕉がこうした人々からすこぶる愛される存在になっていたことを物語るものであろう。

四 蕉風

深川に移ったころから芭蕉は文学上の重大問題に遭遇していた。芭蕉自身も推進者の一人になってきた談林調が急に行きづまってきたからである。俳諧は本来、滑稽と通俗を身上とする庶民詩として喜ばれてきたものだが、談林は極端すぎる滑稽と行きすぎた堕俗に走って、かえって壁にぶちあたってしまった。大坂談林の活動家井原西鶴《さいかく》は天和二年に『好色一代男』を発表して小説に転向したが、芭蕉に限らず、第一線の多くの俳諧師たちは新風の模索を強いられる。しかし滑稽・通俗という旧来の俳諧の固定観念にしばられて誰もがそこから抜け出せない。芭蕉の模索もつづくが、やがて天和三年から翌貞享《じょうきょう》元年にかけてようやく革新的な新風のイメージをつかんだ。世に「蕉風」の名で知られ、以後の俳諧・俳句の性格を決定づけた新方向がそれである。「乞食《こつじき》」に身を落としてただ文学の理想だけを求めた芭蕉が、独りぬきんでて文学史上の勝者となるのである。

五 漂泊

芭蕉がはじめて文学の旅に出たのは四十一歳の貞享元年（一六八四）八月である。それから元禄四年

磐井橋のたもとにある「芭蕉二夜庵の碑」。（第2章「一関」／64ページ）

（一六九一）十月までの七年三箇月の間、江戸にいたのは前後二回、通計三年で、あとは一回の小旅行と三回の長期の旅で通計四年三箇月は旅の空にあった。貞享元年八月から翌二年四月までの『野ざらし紀行』の旅、同四年八月の『鹿島詣』の小旅行、同年十月から翌元禄元年八月までの『笈の小文』『更科紀行』の一連の旅、同二年三月から九月までの『おくのほそ道』の旅と、引きつづき近畿を歴遊しつつ『幻住庵記』や『嵯峨日記』なども書いた同三、四年の旅がそれである。後世、旅の詩人とイメージされるにふさわしい経歴だが、芭蕉自身がみずから漂泊の人であることを強く意識しての旅だったことは、当時、門人宛の手紙に「とかく拙者、浮雲無住の境涯大望ゆゑ、かくのごとく漂泊致し候」と言った一語を紹介すれば足りるであろう。元禄四年十月、奥羽の旅に出て二年半ぶりで江戸にもどったときの次の文と句は、野ざらしの旅以来の歳月をすべて旅の境涯の流れとしてみずから捉えていると同時に、旅にやつれ旅に痩せた芭蕉の自画像にもなっている。

　世の中定めがたくて、この六とせ七とせがほどは旅寝がちにはべれども、多病苦しむに堪へ、年来《としごろ》ちなみ置きける旧友門人の情わすれがたきままに、重ねて武蔵野に帰りしころ、人びと日々草扉《さうひ》を訪れはべるに答へたる一句、

　　ともかくもならでや雪の枯尾花

六　庶民詩へ

芭蕉の文学は『おくのほそ道』の旅を境にして大きく変化した。ほそ道体験は芭蕉に、人間や自然や文学について再認識する機会を与えた。松島での壮大な「造化の天工」にみる永遠の相や、道々の途上の変わりはてた歌枕や平泉の古戦場での人間興亡の歴史の跡にみる流転の相にふれて、永遠と流転の交錯することがこの世の真実であると、あらためて認識を深める中で、文学の道にもこれは共有されるべき真理であると考えるようになった。そしてこれを近畿漂泊の間に「不易流行」ということばで説くようになった。それはいわば、文学・芸術における進化論である。

　永遠の天地宇宙の生命はその根源にある造化（造物

社寺風の仙山線山寺駅。立石寺へはここから。（第2章「立石寺」／84ページ）

主）によってつかさどられているが、芸術の根源は「風雅の誠」でなければならない、と芭蕉は考えた。私意を去って純粋に芸術の心を求める「風雅の誠」は芭蕉の持論でもあったが、この誠によって芸術作品には、時代を越えて人の心をうつ永遠（不易）の生命が生まれる。しかし、ひとつの芸境が成功したからといって、いつまでも同じ芸境にとどまってマンネリ化しては、もう人の心をうつことはない。真に「誠を責める」芸術者は同じ所にとどまっておられずに、自然に一歩前進する。そこにおのずから、万物流転と同じ理法で変化（流行）が起こってくる、と芭蕉は説いた。

蕉風樹立の当初、野ざらしの旅から数年間の芭蕉の詩は、「風狂」の語でも評されるように、反俗的な色彩が濃く、人間も自然も、俗塵を洗い流したような典雅な、あるいは古典的な世界や隠逸の境地が主旋律をなしていた。そしてそれは俳諧の歴史上、かつてみなかった唯美的詩風として成功して一時期を画した。が、次第に亜流がはびこり、外形だけは似て命の死んだ模倣作がはんらんしだした。芭蕉自身も同じ境地にとどまってマンネリ化することの危険を感じはじめていた。そんな中で、ほそ道体験をもとに一歩前進の芸術論として唱えられたのが「不易流行」であった。

近畿漂泊中の芭蕉は「軽み」ということばで新しく理想とすべき詩境を説いた。江戸にもどってからの晩年の芭蕉が門人たちに説くところは、ほとんど「軽み」一色だったといっても過言でないくらいである。それは、反俗でも古典的でも優美でもない、平凡な庶民の、平凡な人生の喜怒哀楽の中に、古来貴族上流の文学として栄えてきた和歌や連歌では見落とされてきた、無限の新しい詩の泉がある、という新詩観にもとづく主張であった。「軽く安らかに、ふだんの言葉ばかりにて（俳諧を）致すべし」、「ふだんの所に昔より言ひ残したる情やまやまあり」というのがそれである。このようにして芭蕉が最後に完成させたのは、庶民的人生詩としての俳諧の世界であった。

JR象潟駅前にある、切手風のデザインの碑。（第2章「象潟」／107ページ）

七　終焉

芭蕉といえば「旅人」と同時に、「隠者」のイメージが濃いが、事実、芭蕉自身、隠者であることを自覚し、隠逸を愛した。しかしそれは売名の世界、中でも点取俳諧に狂奔する点者社会の俗悪からの隠退を意味するものであって、衆人をけいべつし、彼らとの間に垣をつくって独り行い澄ますような高踏的な隠者とは類を異にする。

芭蕉は自分の志操を高く持ったが、生活的には深川の庶民街の中で名もなき人々とフランクに近所づきあいをする普通の人であったし、彼らの生活の理解者でもあった。そして同じ目で広く人間と人生を観察した。「高く心を悟りて俗に帰るべし」が芭蕉の信条であり、俳諧を庶民詩として成熟させた基盤もそこにあったのである。

普通の人としての芭蕉は実生活上でさまざまな浮世の苦労をなめているが、いちばん深刻なのは、肺結核のため元禄六年三月に三十三歳で芭蕉庵で死んだ甥桃印の後見役としての苦労であった。桃印は故郷の姉夫婦の子だが、五、六歳で父を亡くしたのを、芭蕉は郷里時代からふびんに思っていて、十六の年に養子分として江戸に引き取って何かの職に就かせ、長く親代りを勤めてきたが、元禄五年の後半ごろから結核で重体に陥り、六年三月に死んだ。この半年あまり、芭蕉は医者代・薬代の心配や毎日の看病ですっかり疲労こんぱいし、加えて没後のはなはだしい落胆も重なって、以後めっきり肉体の老衰感を深め、持病の疝気も悪化した。桃印のための苦労は芭蕉の死を早める遠因にもなったようである。

明けて元禄七年正月、五十一歳を迎えた芭蕉は、郷里の友人に宛てて「年の名残りも近づき候にや」と、死の予感めいた言葉ももらしながら、桜のころに帰郷したいと、望郷の思いを綴った。出発は持病のために延びて五月十一日となり、伊賀の実家に着いたのは月末の二十八日であった。

しばらくの間実家で静養をつづけた芭蕉はやがて、もっとも深く愛する門人たちの住む湖南と京都を訪れて、七月のお盆にふたたび伊賀にもどるが、そのころになると、芭蕉帰郷のニュースは近畿各地の門人衆に伝わり、こもごもに強く来遊を求める便りがとどきはじめた。そんな中で、芭蕉が最初にまわろうとしたのが大坂であった。

九月八日、門人支考・素牛その他の人が付添って伊賀を出、奈良に一泊して翌九日夕刻、大坂の門人宅に着いたが、芭蕉の衰弱のために二日の旅は難渋をきわめた。十日からは毎晩高熱を発して悪寒と頭痛に襲われた。しかし、こと俳諧に関しては意欲の衰えを知ら

あつみ温泉駅そばの「芭蕉宿泊の家の碑」。
（第2章「温海」／112ページ）

ない芭蕉は、無理を押して門人たちの俳席に出座をくりかえした。が、それもやがて限界に来たようで、二十八日には猛烈な下痢が加わり、以後病勢は日を追ってつのった。十月に入ると、急を聞いた近畿各地の門人が続々と駆けつけてくる。そんな中の十月八日深夜、芭蕉はふと眠りから覚めて、

病中吟
旅に病んで夢は枯野をかけめぐる

と一句を吟じ、傍らの門人に書き取らせた。いかにも旅に行き、旅に死ぬ、芭蕉らしい夢であり、句であった。十日には、芭蕉はもはや死期《しご》がきたことを悟ったらしく、郷里の兄半左衛門宛の遺書をしたため、江戸の杉風ら主要門人や芭蕉庵の近所衆への永別の言葉を口述して支考に書きとらせた。それからは身を清め、香を焚いて静かに臥し、十二日申《さる》の刻（午後四時）、眠るがごとく五十一年の生涯を閉じた。

場所は大阪御堂筋東本願寺（東区）前の花屋仁右衛門の貸座敷だった。遺骸は遺言によって湖南膳所《ぜぜ》（大津市）の義仲寺に葬られ、故郷には遺髪が届けられて松尾家の菩提所《ぼだいしょ》愛染院に納められ、ここに故郷塚が築かれた。

【松尾芭蕉略年譜】

◆年号（西暦）	◆年齢	◆記事
正保　元年（1644）	1	松尾与左衛門の二男として伊賀上野で誕生。
寛文　2年（1662）	19	藤堂良忠（蟬吟）に出仕。
寛文　6年（1666）	23	藤堂良忠没。
寛文 12年（1672）	29	処女撰集『貝おほひ』成る。江戸へ出府。
延宝　8年（1680）	37	綱吉将軍となる。深川へ転居。
貞享　元年（1684）	41	『野ざらし紀行』へ。
貞享　4年（1687）	44	『鹿島紀行』『笈の小文』の旅へ。
元禄　2年（1689）	46	3月27日『奥の細道』の旅に出発、8月下旬に大垣着。
元禄　6年（1693）	50	大津の幻住庵、無名庵に住む。 猶子桃印没、1カ月門を閉じる。
元禄　7年（1694）	51	4月、素龍『奥の細道』の清書成る。 10月12日、大坂で没。
元禄 15年（1702）		『奥の細道』刊行される。

ゆかりの地探訪

芭蕉の故郷、伊賀上野と芭蕉が愛した湖国近江

鮮やかな緑の中を伊賀上野へ

JR関西本線で伊賀上野へ向かうと、沿線にはごく普通の、そして今では懐かしいほどの日本の田園風景が広がっている。伊賀忍者《にんじゃ》の里という言葉は、峻険な山並みと昼なお暗い森を連想させるが、現実の伊賀上野は、実に穏やかな表情を見せている。

伊賀上野の駅前は、小《こ》体《てい》な駅舎とは不似合いなほど広々したロータリーがあり、まっすぐな道路が市街へと通じている。駅の脇には

上野公園（伊賀市）にある芭蕉翁記念館で真蹟などを拝見

月ぞしるべこなたへ入《いら》せ旅の宿

の芭蕉句碑が立つ。

市街へはバスもあるが近鉄伊賀線で上野市駅へ向かおう。車窓からは、水田の向こうに上野城と、それを囲む木々が望め、いかにも城下町へのアプローチにふさわしい。

近鉄上野市駅を出るとすぐ横に、上野観光案内所がある。コミック風の忍者が目印だ。各種のパンフレットを常備しているから、立ち寄ってみるとよい。上野はさほど大きな町ではないし、史跡や句碑は歩いてちょうどよい頃合に点在している。

俳聖殿は芭蕉の旅姿を模した独特な建物

記念館から生家へ

駅と案内所の間の地下道を抜けると、市庁舎の前へ出る。緩い坂道が上野公園の駐車場へ導く。すぐ脇に

やまざとはまんざい遅し梅の花

の句碑。これは元禄四年（一六九一）、伊賀上野藩士で門弟である藤堂修理《ふじどうしゅり》の屋敷での句会の発句《ほっく》という。

さらに坂を行けばすぐに芭蕉翁記念館だ。ここまで約五分。館内には、上野市駅前の芭蕉像の原型、『波留濃日《はるのひ》』『猿蓑《さるみの》』といった書籍、自筆の短冊などが収蔵展示されている。館の前には偲翁《しおう》桜と呼ぶ枝垂れ桜。

往時がしのばれる芭蕉生家

ここから公園へ入り、数分で芭蕉の旅姿をかたどった俳聖殿に着く。昭和十七年、芭蕉生誕三〇〇年を記念して建てられたもの。丸く深い屋根は檜皮《ひわだ》葺き、中央に伊賀焼の芭蕉像が収められている。見事なのは門近くにある大きな藤で、大人でも抱えられないくらい、花盛りはどんなだろうか。

市庁舎前から東へ行くと、一五分で細格子造りの芭蕉生家がある。武士と農民の間のような軽輩だった松尾家の、往時がしのばれるたたずまい。

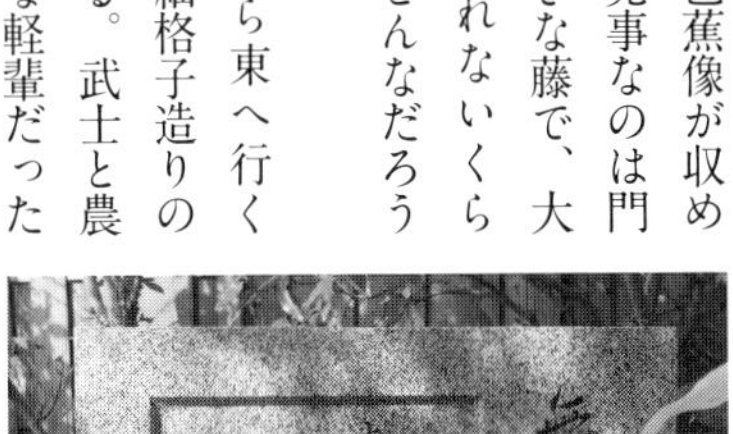

生家裏庭の句碑「冬籠り…」

古里や臍《ほぞ》の緒《お》に泣《なく》としの暮

の句碑は、貞享四年（一六八七）、帰郷して亡母が保存していた自分の臍の緒を、兄から見せられた折の句である。

裏庭には処女撰集『貝おほひ』を執筆した釣月軒《ちょうげつけん》。出府後も帰省した折にはここで過ごしたという部屋は、六畳と土間だけ、軒も天井も低い質素な造作だ。すぐ傍らの句碑は

冬籠り又よりそはん此《この》はしら

明治頃まで親類が住んでいたとか、表の大戸には「松尾」の表札がかかり、何だか「松尾さん！」と声をかけたくなってしまった。

故郷塚から蓑虫庵へ

生家から東へ、ほどなく小ぶりの山門が見える。遍光院願成寺が正称だが、愛染《あいぜん》明王を祀るところから愛染院の名で呼ばれる松尾家の菩提寺である。本堂奥が芭蕉の遺髪を納めた故郷塚。芭蕉は遺言によって大津の義仲《ぎちゅう》寺に葬られたが、伊賀上野の門人、土芳《どほう》と卓袋《たくたい》が遺髪を持ち帰ったもの。本堂横の句碑には

家はみな杖に白髪《しらが》の墓参《はかまいり》

とあり、元禄七年、最後の帰郷の折の作という。茅葺き屋根の小さな故郷塚の周りは、句碑ばかり。供えられた紅花《べにばな》が、奥の細道の中の句を鮮烈に思い出させた。

愛染院を出て向ったのは菅原神社。十月二十二日のだんじり祭りはこの神社の祭礼である。芭蕉は自筆の『貝おほひ』をこの社に奉納したという。境内の句碑は

松尾家の菩提寺、愛染院

初さくら折しもけふはよき日なり

古い家々もまじる家並みを見ながら歩くとメインストリート銀座通りへ。二〇分ほど歩くと丸木の垣に囲まれた蓑虫庵《みのむしあん》へ出る。芭蕉が門人の家や別宅で句会を催した五庵の一つで、唯一現存するところ。門弟服部土芳の住居だったという。土芳が元禄元年に入居した時、芭蕉が贈った句

蓑虫の音《ね》を聞《きき》に来《こ》よ草の庵《いお》

に由来する。

茅葺き屋根に明かり障子の簡素にして風雅な茶室造り。庭には草木が茂り、小さな池のほとりに、有名な

愛染院の句碑「家はみな…」

古池や蛙飛込む水の音
を刻んだ句碑が立つ。庵の裏手には義仲寺を模した芭蕉堂が、雪柳や山吹に囲まれていた。

奥行深い伊賀上野

上野公園にある上野城天守閣は、昭和に入ってからの再建だが石垣や内濠は昔のまま、日本一の高石垣が見もので、天守閣上からの眺めもいい。公園内の伊賀流忍者屋敷では、抜け道やどんでん返しを忍び装束の「くの一」が実演してくれる。

句会が行われていた蓑虫庵

内濠に沿って下ると旧藩校の崇廣堂《すうこうどう》がある。文政四年の建築で、室の用途によって畳のふちにも差があるのが当然のことだがおもしろい。西に歩くと荒木又右衛門仇討ちでおなじみの鍵屋《かぎや》の辻。大きな石の道標が目につく。今は四つ辻だが、伊賀越えの仇討ちの当時は三差路だったという。

市庁舎前の伊賀信楽《しがらき》古陶館ものぞいてみたいところだし、伊賀くみひもセンターもぜひ。名物の伊賀牛は老舗の天祖伊賀肉金谷がうまい。自家製豆腐を炭火で焼く田楽《でんがく》は田楽座わかや。土産には養肝漬（宮崎屋）、素朴なかたやき（伊賀菓庵山本）、干菓子さまざま桜（紅梅屋）などを。

伊賀の山並みがよく見える上野城天守閣

DATA

見学●芭蕉翁記念館／8時30分～17時。☎0595（21）2219 ●芭蕉翁生家／8時30分～17時。☎0595（24）2711 ●蓑虫庵／9時～17時。☎0595（23）8921 ●上野城／9時～17時。☎0595（21）3148 ●旧藩校崇廣堂／9時～16時30分。☎0595（24）6090 ●伊賀信楽古陶館／9時～17時。☎0595（24）0271 ●伊賀くみひもセンター／9時～17時。☎0595（23）8038

宿●伊賀市内に旅館・ホテル・民宿など10数件。

エリア情報●伊賀上野観光協会
☎0595（26）7788
●上野観光案内所
☎0595（24）0270

琵琶湖南岸ゆかりの遺跡

陽光きらめき、さざ波ゆらぐ琵琶湖を、霞む山並みを、苫屋のたたずまいを、こよなく愛した芭蕉。

貞享元年（一六八四）の大津訪問以来、芭蕉は計一〇回も大津を訪れており、吟じた句は九〇句にも及ぶ。琵琶湖は埋め立てや開発の波にさらされ、当時の姿は望むべくもないが、句碑も市街だけで一〇基ほどあり、湖岸をめぐりながら訪ねてみたい。

義仲寺と再建成った幻住庵

芭蕉の墓があるのが膳所《ぜぜ》の義仲寺《ぎちゅうじ》である。元禄七年（一六九四）大坂で客死した際の遺言「偖《さて》からは木曽塚に送るべし。ここは東西のちまた、さざ波きよき渚《なぎさ》なれば、生前の契《ちぎり》深かりし所也」によってである。木曽義仲が眠るこの寺の草庵無名庵《むめいあん》に、芭蕉は滞在していたこともある。

義仲の墓に並んだ墓石には、内藤丈艸の筆による「芭蕉翁」の文字が刻まれている。伊勢の俳人又玄《ゆうげん》の有名な句

木曽殿と背中合《あわせ》の寒さかな

の碑もある。小ぢんまりした境内には、句碑がなんと一九基も立ち、

行春を近江《あふみ》の人とおしみける

は史料観の横に立っている。小さな池の周りには桔梗《ききょう》や萩《はぎ》が咲き、草むらの中に石畳が続いて、無名庵、朝日堂、翁堂などを結んでいる。翁堂には芭蕉像、丈艸と去来像、さらに義仲寺を中興した蝶夢法師像がある。

ＪＲ膳所駅の跨線橋を渡り、国道一号を一〇〇メートルほど行くと竜ケ丘《たつがおか》俳人墓地。低い石段の上に、門下一四名の墓がひしめいている。かつてはこの辺りまで義仲寺の境内だったとか。膳所城跡公園にも

湖や暑さを惜しむ雲の峰

の句碑が、近江大橋をバックにしている。

芭蕉が元禄三年の春から四カ月ほどを過ごしたのが、石山の幻住庵《げんじゅうあん》である。バス停国分町から約一五分、木々の間の道は近津尾《ちかつお》神社の裏参道だ。石段を登ると枝折戸《しおりど》の向こうに、平成三年に再建成った幻住庵が見えてくる。かつては湖はもちろん、比叡、比良の峰々、膳所城まで一望にできたという。

神社の境内に経塚と『幻住庵記』全文の陶板碑があり、句碑も立つ。

義仲寺の芭蕉の墓。芭蕉は木曽義仲と並んで眠る

先づ頼む椎の木もあり夏木立

堅田と大津の句碑めぐり

湖西線堅田駅から湖に向かって歩く。約二〇分、堅田漁港の前に

海士《あま》の屋は小海老にまじるいとどかな

の句碑、湖に突き出すように橋で結ばれているのが浮御堂《うきみどう》（満月寺）。宝形《ほうぎょう》造の堂内には千体の阿弥陀如来を安置している。月光に輝く金色の仏さま――。

鎖《じょう》あけて月さし入れよ浮御堂

比良三上雲指《さ》しわたせ鷺《さぎ》の橋

二つの句碑がある。

わずか駅寄りに戻ると、犬矢《いぬや》来《らい》や築地塀《ついじべい》に囲まれた風雅な建物が続き、散策が楽しい。榎本其角《きかく》邸の跡、一休禅師ゆかりの祥瑞寺…。芭蕉の高弟千那《せんな》が住職を務めていた本福寺は幼稚園

句碑と浮御堂が琵琶湖の勝景に

を経営し、その歓声の中に立つ句碑は

病雁《びょうがん》の夜寒に落ちて旅寝かな

芭蕉は「…拙者さんざん風邪ひき候て蜑《あま》の苫屋《とまや》に旅寝を侘びて…」と門人への手紙に認《したた》めているが、近江八景の「堅《かた》田落雁《だのらくがん》」によそえたもの、病さえ風流に思われる。

京阪電鉄三井寺駅から疏水べりの道を行けば三井寺がある。長等《ながら》神社鳥居近くには、大津絵の店があり、壁に鬼の念仏の絵と、

大津絵の筆のはじめは何仏《なにぼとけ》

と芭蕉の句が大書してある。大津絵は東海道を上下する旅人の土産として人気があった。その瓢逸な筆致は俳句につながる味わいとして、芭蕉が興味をもったのだろう。

三井寺にお詣りして、門前を北へ向い大津市歴史博物館へ。四〇〇〇年前の堅田の町並み模型が一見に値するから。そして二階の大きなガラス窓から正面と左右の眺めを楽しもう。たぶん、芭蕉が眺めたと同様の比良、三上の山並みを…。

DATA

見学●義仲寺／9時～17時（11月～2月は16時）、月曜休。☎077（523）2811 ●幻住庵／9時30分～16時30分、月曜休。☎077（533）3701 ●浮御堂（満月寺）／8時～17時。☎077（572）0455 ●大津市歴史博物館／9時～17時、月曜・祝日の翌日休。☎077（521）2100 ●本福寺／☎077（572）0044 ●三井寺（園城寺）／8時～17時。☎077（522）2238

エリア情報●びわ湖大津観光協会 ☎077（528）2772

◉監修者
関屋淳子（エディター&ライター）広告・編集プロダクションを経て、一九九九年からフリーランス。おもに生活情報誌などで旅行記事を中心に執筆。自ら芭蕉が歩いた奥の細道を辿り、芭蕉ゆかりの土地・文化などの魅力に深く触れる。ＪＴＢキャンブックス『日本桜めぐり』（ＪＴＢパブリッシング）で編集・執筆。旅行作家の会会員、温泉入浴指導員、温泉ソムリエ。

◉解説執筆／今 栄蔵（元中央大学教授）

◉制作協力／伊崎恭子

◉写真協力／石田美菜子（スタジオ・ミル）、富田文雄（日本写真家協会会員）、新潟県写真家協会、日光東照宮、元湯・鹿の湯（敬称略）

◉参考文献／『芭蕉の山河』加藤楸邨（読売新聞社）・『奥の細道総索引』井本農一・原岡秀人（明治書院）・『「奥の細道」を歩く事典』久富哲雄（三省堂）・『奥の細道を歩く』井本農一ほか（新潮社）・『おくのほそ道』堀切実（日本放送出版協会）・『図説おくのほそ道』山本健吉訳（河出書房新社）・マンガ日本の古典『奥の細道』矢口高雄（中央公論社）他

◉編集制作／凸版印刷株式会社／五柳書院／ジェイ・ハーツ・カンパニー

◉デザイン／株式会社ユーホー・クリエイト ◉地図制作／ジェイ・マップ

※ご利用にあたって

●本書記載『奥の細道』原典は、小学館発行の日本古典文学全集『松尾芭蕉集』によります。底本は素龍筆芭蕉所持本で元禄七年の完成、現在は西村家蔵。題簽は芭蕉筆「おくのほそ道」ですが本書では漢字を使用しています。なお読者の利便を考慮し、振り仮名を多く付けました。

●旅のガイド引用の『曾良随行日記』（略＝曾良日記）は、角川文庫版『新訂おくのほそ道』に付された『曾良随行日記』より。なお、曾良自筆の原本は天理図書館蔵。

●旅のガイドのデータの見学個所料金は各所規定に従ってください。また、休館日について特記のない限り、年末年始を除き無休です。

●探訪の旅は克明にルートを追う必要はなく、原典でもルートが不明の個所もあります。詳しくというなら国土地理院発行二万五千分一図を持参、『曾良随行日記』の地名と照合するのも一つの方法です。

●松島、平泉など有名観光地を除くと、交通の不便なところが多く、特に歌枕の地はわかりにくく定期バスがない地域もあります。鉄道に定期バス、徒歩を組み合わせたり、タクシーや車の利用が必要になったりすることもあります。

●本書掲載の記事やデータは二〇〇八年十二月現在のものです。発行後に営業内容等が変更になることや臨時休業等で利用できない場合があります。掲載内容の正確性には万全を期しておりますが、お出かけの際には電話等で事前に確認・予約されることをお勧めいたします。なお、本書で掲載された内容による損害等は、弊社では補償いたしかねますので、予めご了承ください。

楽学ブックス
【文学歴史2】
奥の細道を歩く

編集人／小室博一
発行人／江頭 誠
発行所／ＪＴＢパブリッシング
印刷所／凸版印刷

【図書のご注文は】
ＪＴＢパブリッシング
営業部直販課
☎03-6888-7893

【本書内容についてのお問合せは】
ＪＴＢパブリッシング
編集制作本部企画出版部
☎03-6888-7846
〒162-8446 東京都新宿区払方町25-5
http://www.jtbpublishing.com

Printed in Japan 370451
ISBN978-4-533-07372-4 C2026
◎乱丁・落丁はお取り替えいたします。
◎旅とおでかけ旬情報
http://rurubu.com/

楽しく学んで、旅を深める　楽学ブックス

源氏物語を歩く

朧谷　壽　監修
日并貞夫　写真

京都御所、須磨、明石など源氏物語ゆかりの地を写真を交えてガイド。物語を思い描きながら往時の面影を求めて歩く旅の案内書。

定価１８９０円

世界遺産　熊野古道を歩く

田中昭三　監修

世界遺産の参詣道と関係寺社を網羅、その名にふさわしい歴史と自然の魅力を徹底的に解説する。地図とともにモデルコースをガイド。

定価１６８０円

古事記・日本書紀を歩く

長山泰孝　監修
林　豊　著
沖　宏治　写真

古事記や日本書紀に記される神話や伝説を、現地に訪ねてわかりやすく解説する古代史の入門書。現地を回る際に役立つデータも収録。

定価１６８０円

荷風流　東京ひとり歩き

近藤富枝　監修

『日和下駄』、『濹東綺譚』など主要作品をキーワードに荷風の愛した東京風景とライフスタイルを紹介、荷風流に街歩きを楽しむガイド。

定価１７８５円

◎表示価格は消費税５％を含む定価です。